JN065758

大正浪漫に
異世界聖女
私は巫女じゃ
ありません！

Contents

大正浪漫に異世界聖女

私は巫女じゃありません！

プロローグ
オルレアの聖女

魔王との最終決戦はまさに地獄絵図だった。

降りしきる雨に視界が悪くなった荒野。魔王の軍団に属する魔物や、それに対抗した兵士達《たち》が、物言わぬ骸《むくろ》となってそこかしこに転がっている。

その戦場跡に佇《たたず》むのはただ一人。

オルレア神聖王国《しんせいおうこく》が誇る二人の聖女、その一翼を担《にな》う私、レティシアだけだった。

私はトドメを刺した魔王に背を向け、倒れた仲間達のもとへと駆け寄った。

魔王軍との死闘の末、数多くいた勇者達は事切れている。

だけど、私の片割れとも言える聖女だけがまだ意識を残していた。彼女は決して逃れられぬ濃密な死の気配を纏《まと》いながら、それでも意思のある瞳で私を見上げる。

私はその仲間――ウルスラの側《そば》に膝を突いた。

「……レティシア、無事、だったのね」

「ウルスラ、貴女《あなた》が助けてくれたからよ」

魔王が死に際《ぎわ》に放った最後の一撃。

ウルスラが庇《かば》ってくれなければ、私は即死していただろう。

「レティシア……魔王、は？」

「滅ぼしたわ。この世界がこれ以上の瘴気《しょうき》に侵されることは、もうない。いつか、貴女が夢見た平和な世界が訪れるはずよ」

「……そう、よかった」

ちっともよくない！

心の中で叫び、けれど歯を食いしばってその内心を押し殺した。

「ウルスラ、どうして私を庇ったの？」

「レティシア、いつか……言っていた、でしょ？　魔王との戦いが終わったら、普通の村娘に戻って、穏やかな暮らしを、したい……って」

「何年前のことを言っているのよ。宴会の席での世迷い言じゃない」

「それでも、貴女に戦場は……似合わ、ない」

「あら、魔王を討ち滅ぼした聖女に酷《ひど》い言い草ね」

憎まれ口を返すが、ウルスラの言葉が的を射ていることは自分が一番理解している。でも、それはウルスラにだって当てはまるはずだ。

彼女は私を庇ったりせず、自分の幸せを追い求めるべきだった。

「レティシア、自由になりなさい。そして、私の分まで幸せになって」

「無理よ、私は……」

「レティシア、お願い」

血の気の失われつつある顔でウルスラは懇願する。

まるでそれが、死にゆく彼女にとっての唯一の希望であるかのように。

「……分かった、努力する。貴女の分まで幸せになれるように……努力するわ」

「あり、がとう……レティシア。戦いの、日々は……大変、だった……けど、貴女、との、旅は、けっ……こう、たの、し、か……」

ウルスラの瞳から光が消えていく。

その光が完全に失われたとき、私の瞳からは一粒の涙が零《こぼ》れ落ちた。

「さようなら、ウルスラ。そして……ごめんなさい」

手のひらで彼女の瞼《まぶた》を閉じて、私はこふっと血を吐いた。

ウルスラが庇ってくれたおかげで即死は免《まぬか》れた。だけど、私に攻撃が届かなかった訳じゃない。魔王の瘴気を浴び、私の体内にある魔石は穢《けが》されてしまった。

瘴気に穢れた魔石は、瘴気に侵された魔力を生み出す。そうして生み出された穢れた魔力は全身を巡り、やがて私の身体《からだ》や精神を変容させていく。

魔物化と呼ばれる現象だ。

魔物へと変容するまでは数ヶ月から数年、ときには十年以上掛かると言われている。だけど、魔石を穢した瘴気が濃ければ濃いほど、そして魔力量が多ければ多いほど、その変容速度は上がるとも言われている。聖女と呼ばれるほどに魔力量が豊富でありながら、魔王の瘴気をその身に受けた私は、数日中に魔物へと変容する可能性が高い。

それを防ぐには、魔石を侵した瘴気を浄化するしか道はない。だけど、自分の魔力と混ざり合った瘴気を、自分の魔力を使った魔術で浄化することは出来ない。

それが、戦場に聖女が二人いる理由だ。

つまり、ウルスラ亡きいま、私の魔石を浄化できる人間はいない。町に戻れば浄化する手段もあるのだけど、ここから町までは数週間以上は掛かるので間に合わない。

なにより恐ろしいのは、魔力が強い者ほど、強力な魔物に変容する可能性が高いことだ。聖女の私は、変容すれば強力な魔族になる可能性が高い。

自分が新たな人類の脅威――魔王になる可能性も否定できない。

だから……

「ウルスラ、ごめんね。貴女との約束、守れないかも」

異空間収納のスキルを使って虚空《こくう》から聖剣を引き抜く。その光り輝く刃《やいば》を自らに向けたそのとき、敵から押収《おうしゅう》した魔導具の存在を思いだした。

魔封じの手枷《てかせ》。

聖剣と同じミスリル製の腕輪で、その性質を反転させて、装着した者の魔力を封じる効果がある。あの手枷を付ければ、穢れた魔力が全身を巡るのを止められるかもしれない。

そう考えた私は、急いで魔封じの手枷を異空間収納から取り出した。

……これを付ければ延命できるかもしれない。でも、それは根拠の乏しい憶測だ。もしかしたら、聖女の力を失うことで、身体が瘴気に耐えられなくなって死ぬかもしれない。

「こほっ。……ぐっ」

躊躇《ちゅうちょ》していると、身体が熱くなり、再び喉の奥から血が込み上げてきた。高い魔力が災いして急激に身体が蝕《むしば》まれている。迷っている時間はなさそうだ。

そう判断した私は、思い切って魔封じの手枷を――付けた。

瞬間、自己強化の魔術が途切れて身体が重くなる。その代わり、体内で荒れ狂っていた熱が引いていく。身体を蝕んでいた原因、瘴気に侵された魔力が消失したようだ。

身体を満たしていた魔力がまったく感じられない。喪失感はあるけれど、これなら魔物化は進まないはずだ。そう安堵《あんど》した次の瞬間、私は魔物の雄叫《おたけ》びを聞いた。

全部倒したんじゃなかったの!?

慌てて物陰に身を潜め、こっそりと声のするほうを覗《のぞ》き込んだ。そこにいるのは魔王の側近の一人。漆黒の翼を持つ魔族が、ボロボロの姿になりながらも周囲を見回していた。

……魔王を探しているんだ。

相手は満身創痍《まんしんそうい》でそれほどの力は感じられない。倒すならいましかないと、急いで魔封じの手枷を外そうとするけれど、手枷は外れない。

……そうか、鍵。手枷を外す鍵がいるんだ。

え、でも、鍵なんて……何処にあるの？　思い返すけれど、手枷と共に鍵を手に入れた記憶はない。手枷を身に付ける前の私は、そんなことを考える余裕すら失っていたらしい。

魔力を封じられた私は無力だ。このままだとなぶり殺しに合う。

焦《あせ》った私は後ずさりして、水たまりに足を踏み入れて水音を立ててしまった。

〜〜〜っ。

だ、大丈夫。雨音に紛れて気付かれなかったはずよ。そう思って物陰から顔を覗かせた私は、こちらを見る魔族と目が合ってしまった。

彼は骸となった魔王を見て、それから私に憎悪《ぞうお》のこもった瞳を向けた。

魔の者が生み出す瘴気は人間を変容させる。ゆえに、人間と魔族は相容《あいい》れない存在だ。それでも、魔族には魔族の正義があり、仲間を思う心がある。

魔王を滅ぼした私を、彼が許すことはないだろう。

私は足元に落ちていた聖剣を拾い上げた。

……重い。

自己強化の魔術が途切れたことで私の身体能力は大幅に低下している。それに加えて、聖剣と同じミスリルで出来た手枷の重さもある。

いまの私には聖剣を持ち上げるのが精一杯だった。

剣を片手に突っ込んでくる魔族の姿。私はとっさに聖剣を突き出した。

キィンと、高い音と共に聖剣が弾《はじ》き飛ばされる。

続いて放たれた攻撃を横っ飛びで回避する。足がもつれ、水たまりの中にダイブする。満身創痍になりながらも顔を上げた私が目にしたのは、怒りに瞳を赤くした魔族の姿だった。

なぶり殺しにされるかもしれない。

そう思った瞬間、足元に光り輝く魔法陣が浮かび上がった。

これは……転移の術式？　どうして、転移の魔法陣がこんなところに？　そう混乱する私に向かって、魔族が剣を振り下ろした。

その一撃が届く寸前、私の視界は暗転した。


次の瞬間、私はまったく知らない広間の一角に移動していた。

へたり込みながら周囲を見回すと、最初に煌々《こうこう》とした灯《あか》りが目に飛び込んできた。

ガラスの中に光源があるけれど、ランプと違って中の光は揺らぐことがない。魔導具かとも思ったけど、光源からは魔力が感じられない。

未知の光に満たされたエキゾチックな空間。

隣には黒髪の女の子が座り込んでいる。少女は紺色のブレザーにブラウス、それにチェック柄で膝丈のプリーツスカートという見慣れぬファッション。

幼さの残る顔立ちで、その瞳は不安げに揺れている。私よりもいくぶんか年下だろう。

周囲には、また違うファッションの人達が集まっている。ボタンを使わず、帯で止めた不思

議なデザインの服を纏う者が半分ほど。

残りの半分は、ブラウスやズボン、あるいはそれらを組み合わせた服を纏っている。

「召喚に成功したぞ！」

誰かがそう叫んで、続けてそこかしこから歓声が上がる。剣――どちらかというと細身の曲刀を腰に下げた軍人や、神官のような者達が喜びを称《たた》え合っていた。

奇跡を喜び合うような表情を目《ま》の当たりに、私は聖女選定の儀式を思い出した。

……私はまた、聖女として戦うことを求められるのかな？

召喚された理由なんて他に考えられない。

戦いたくはないけれど、召喚によって命を救われたという恩があるのはたしかだ。その貸しを返せと言われて無視できるほど恩知らずじゃない。

だけど、いまの私は魔力を封じている。聖女としての術は使えず、一般的な魔術も使えない。一兵卒と同程度かそれ以下の戦力にしかならないだろう。

ましてや、この儀式は遠く離れた地の聖女を召喚している。オルレア神聖王国がおこなったような、その場にいる人間から聖女を選定するだけの儀式とは雲泥《うんでい》の差だ。

オルレア神聖王国よりも、ずっと優れた技術を持っている国なのだろう。

そのような国で、いまの私が役に立てるとは思えない。

先行きが不安だ。

そんなふうに考えていると、人垣を割って軍服らしき装《よそお》いの男達が近付いてきた。彼らは人垣の最前列で足を止めるが、その中の一人だけが更に近付いてくる。

精悍《せいかん》な顔立ちの彼は、胸のポケットからペンダントを取り出した。

彼はそれを私に向け、続けて隣に座り込む黒髪の少女に向ける。私に向けたときはなんの反応も示さなかったペンダントが、少女に向けた瞬間に淡い光を放った。

それを確認した後、彼は黒髪の少女の前に膝を突く。

「よく来てくれた、巫女《みこ》殿」

……巫女？

エピソード1

元聖女の私に出来るコト

1

身分の高そうな軍服の男が、手を引いて少女を立ち上がらせる。小柄な少女は、戸惑いと怯《おび》えを滲《にじ》ませた表情で軍服の男を見上げた。

「あ、あの、あなたは？」

「これは申し遅れた。私は神聖大日本帝国陸軍《しんせいだいにっぽんていこくりくぐん》、特務第一大隊《とくむだいいちだいたい》副隊長、井上清治郎《いのうえせいじろう》中佐だ」

「え？　だ、大日本帝国？　それって、昔の日本じゃ……あれ、でも神聖？」

「混乱するのも無理はない。だが、巫女殿に危害を加えるつもりはないので安心して欲しい」

「え、あ、その……分かりました」

黒髪の女の子は混乱しているけれど、井上と名乗った男はわりと紳士的な対応だ。そこへもう一人、共に現れた軍人の中から偉そうな態度の男が近付いてくる。

「井上、巫女は見つかったのか？」

「はい、高倉《たかくら》隊長。彼女が我らを救うべく現れてくださった巫女殿です」

「……その娘が、か？　とてもそうは見えぬが」

偉そうなおじさんは、少女の頭の天辺《てっぺん》からつま先まで眺めて胡散臭《うさんくさ》そうな顔をする。他人事《ひとごと》ながらすごく嫌な態度だ。王城にもこんな人がいたなぁと、私は不快な気持ちになった。

「彼女に巫女の力があることはペンダントが証明しております」

「そうか、ならばいい。それで、そっちの娘は何者だ？」

「彼女は……おそらく、召喚に巻き込まれた一般人ではないかと」

「巻き込まれた一般人、だと？」

話を聞いていた者達の視線が一斉に私へ向けられる。不信感、好奇心、様々な感情を宿した視線に晒《さら》されるけれど、ずぶ濡《ぬ》れの上に泥まみれでは無理もない。

私は静かにそれらの視線を受け止めた。

すると、偉そうな態度のおじさんが吐き捨てるように言った。

「ずいぶんとみすぼらしい格好《かっこう》だな。しかも、手首には枷のような物が付けられているではないか。本当に一般人か？　もし罪人なら牢《ろう》に放り込んでおけ！」

その声に、フロアにいる人々がざわついた。

人々の視線が罪人を見るようなものへと変わっていく。どうやら、私は巫女召喚とやらに巻き込まれただけの部外者という扱いにとどまらないようだ。

だとしたら、私に彼らを助ける義理はない。

もしも本当に牢に入れようとするのなら、隙を突いて逃げる必要があると彼らの出方をうかがう。そうして成り行きを見守っていると、井上と呼ばれていた人がちらりと私を見て、それから偉そうな態度のおじさんに向き直った。

「高倉隊長のおっしゃる通りです。ただ……ここでグズグズしていると余計な横やりが入るかもしれません。いまは巫女殿の確保を優先させましょう」

「……む？　たしかに、はぐれの奴《やつ》らが来たらなにかと面倒だな。よし、撤収する。井上はその巫女を連れてこい」

偉そうな態度のおじさんは踵《きびす》を返して歩き始めた。結果的にとはいえ助かった。もしかしたら、井上さんという人は私を助けてくれたのかな？　そんなふうに思って視線を向けると、彼は巫女と認定された少女に手を差し伸べているところだった。

「驚かせてしまって申し訳ない。だが、危害を加えないという言葉に嘘はない。どうか、いまは私を信じてついてきてくれないだろうか？」

「わ、分かりました。でも……」

巫女と呼ばれた少女は井上さんの手を取って立ち上がり、私に気遣うような視線を向けた。それに気付いた井上さんの視線も私に向けられる。

「もう少ししたら、伊織《いおり》という馬鹿が来る」

唐突なセリフ。

その人が来たらどうなのかと、説明があるものだと思っていたのに、彼はそれだけを言い残し、巫女と呼ばれた少女の手を引いて退出していった。

とまぁそんな訳で、私はこの広間に放置されてしまった。

私としては、偉そうな態度のおじさんと関わり合いにならずに済んでよかったという心境。

なにより、聖女として国のために戦うことを求められずに済んでよかったと思っている。

そういう意味で、放置されたこの状況はわりと理想的、なんだけど……周囲の人間に私の内心が届くはずもなく、辺りには気まずげな空気が流れている。

ここで「私は気にしてませんから、みなさんも気にせず解散してください」なんて言っても逆効果だろう。いっそ、このまま逃げちゃおうかな？　なんて考えていると、大きな音と共に広間の扉が開け放たれた。

「巫女様が召喚されたというのは本当か！」

新たに若い軍人達が姿を現した。

さっきの連中と同じ軍服を着ているが、人種がバラバラだ。黒髪の者達だけでなく、赤髪の青年だったり、金髪の少年も混じっている。

ただ……なんだろう？

クールそうな黒髪美青年に、やんちゃそうな赤毛の美男子、それに大人しそうな金髪美少年と、揃《そろ》いも揃って美形ばかり。彼らの周囲がキラキラ輝いて眩《まぶ》しいくらいだ。

そんな彼らに向かって、近くにいた男が状況を説明する。

「特務第一大隊の隊長が巫女様を連れて行っただと？　……くっ、一足遅かったか」

説明を聞いて嘆いたのは、階級が高そうな軍服を身に纏う、クールそうな美青年。濡羽色《ぬればいろ》の髪に、赤みを帯びた瞳の彼は、その整った顔を悔しげに歪《ゆが》ませた。

その姿に見惚《みと》れていると、不意に私と彼の視線が交差した。

「……彼女は何者だ？」

「分かりません。井上中佐殿は、召喚に巻き込まれた一般人ではないかとおっしゃっていましたが」

「召喚に巻き込まれた？　つまり、召喚の儀で現れたということか？」

彼の言葉に男が肯定する。

それを受けて、横で話を聞いていた赤髪の美男子が興味深げに私を見た。

「泥まみれじゃねぇか。ずいぶんとみすぼらしい格好の嬢ちゃんだな」

「ぐ、紅蓮《ぐれん》さん、失礼ですよ」

赤髪の美男子を、金髪の美少年がたしなめる。それを横目に、濡羽色の君が私の下へ歩み寄ってきた。そうして私の前に片膝を突く。

「娘、俺の言葉は分かるか？」

「はい、分かります。……知らない言葉のはずですが……話すことも出来るようですね」

無意識に、彼と同じ言語で応じる。

私はこのとき初めて、相手が私の知らないはずの言語で喋《しゃべ》っているのに、自分がその言葉の意味を理解していたことに気付いた。

素の言葉遣いはもちろん、聖女として振る舞うときに求められるような言葉遣いも含め、彼と同じ言語で問題なく使うことが出来ている。

そのことを伝えると、彼は興味深げに顎を撫《な》でた。

「そうか。召喚の儀による恩恵は与えられているようだな。娘、名はなんと言う？」

「レティシアと申します」

「そうか、レティシア。おまえには……巫女としての力はないようだな」

彼は私にペンダントを向けながら結論づける。

さきほどの軍人と同じ仕草である。

「……それは、巫女の力を測る魔導具かなにかなのですか？」

「魔導具？　それがなにかは分からぬが、巫女の力を測る道具であることには違いない」

「なるほど。では、私は巫女ではないのですね」

そのように応じながら、そっと魔封じの手枷を握り締めた。

巫女がどのような能力を持つ人を指すのかは分からない。でも、巫女召喚の儀で私が招かれた以上、聖女とまったく無関係な能力とは思えない。

ペンダントが私に反応しないのは、十中八九魔封じの手枷が原因だろう。

「……ずいぶんと冷静だな？」

「私は自分が何者か知っています。それにさきほど、井上清治郎を名乗るお方が同じことをして、隣にいた少女を巫女と呼び、どこかに連れて行きましたから」

「なるほど、状況を冷静に把握しているのか。中々に興味深い娘だ」

褒められて……いるのかな？　高倉隊長は不愉快な人だったけど、この人は悪い人ではなさそうだ。右も左も分からない状況だし、出来れば情報を引き出したい。

「それで、私はこれからどうなるのですか？」

「……そうだな。召喚の儀に巻き込んでしまったことは謝罪する。だが、すまない。おまえを元の場所に返してやることは不可能だ」

「そうですか……まぁ、この世界で生きるのも悪くはありませんね」

元の世界に戻れば、世界を救った英雄として祭り上げられるだろう。だけど、それが必ずしも幸せな結果を生むとは思えない。

生き残りが多くいれば別だったけど、残ったのは私一人だけだった。世界を救った英雄で唯一の生き残りともなれば、権力を得るための道具として方々《ほうぼう》から狙われる。

よくて政略結婚、悪ければ邪魔者として消される可能性が高い。

「その格好、なにかあるとは思ったが……訳ありか？」

「否定はしません。でも罪人ではありませんよ」

「……そうか」

「信じられませんか？」

「それを判断するほどおまえのことを知らぬ」

素っ気ない口調。だけど、私の言葉を嘘だと断じることもなかった。

彼は良くも悪くも誠実な人間のようだ。

「では、私からも質問をお許しいただけますか？」

「ああ。答えられることなら答えてやる」

「ではまず、貴方様のお名前をうかがっても？」

「俺は神聖大日本帝国陸軍所属、特務第八大隊副隊長の雨宮《あまみや》伊織少佐だ」

「雨宮伊織様……ですか？」

言語を理解できるおかげで、少佐が軍の階級であることは分かる。だけど、聞き慣れない響きなので、どこまでが家名で、どこからが名前なのかが分からない。

「名は伊織、家名が雨宮だ」

「失礼いたしました。では雨宮様。私はこの世界で生きていくことになると思うのですが、ここから出て行ってもよろしいのでしょうか？」

「そうだな……おまえ、料理は出来るか？」

「……はい？」


それから一週間、私はこの世界のことをいろいろと学んだ。

まず、いまは二十世紀初頭の大正時代。

ここは神聖大日本帝国の帝都にある、特務第八大隊の宿舎だ。特務第八大隊は、独立大隊に分類される部隊で、主に帝都を守る任務に就いているそうだ。

年号や国の名前に至るまで、私の知らない名称ばかりである。どうやら私は、自分が暮らしていたのとは異なる世界に召喚されたみたいだ。

もっとも、召喚されなければ私は死んでいたので、召喚されたことに不満はない。という訳で、私は女中――オルレア神聖王国でいうところのメイドとして働いている。

いきなり料理が出来るか聞かれたときは何事かと思ったけれど、要するに使用人として雇ってくれるということだった。おそらく、素性の分からない私の監視を兼ねているのだと思う。

それでも、私はその申し出に感謝した。

いまの私は魔封じの手枷によって魔力を封じられている。たとえ聖女として戦うことを求められても、私はその求めに応えることが出来ない。

なにより、私の望みは戦いとは縁のない、普通の娘として生きることだ。聖女として戦いを強いられるのではなく、メイドとして大人しくしているのは望むところだ。

付け加えるのなら、魔力を封じたことが功を奏したようで、あれから魔物化は進んでいない。

手枷を付けている限り、私の容態《ようだい》が悪化することはなさそうだ。

という訳で、雨宮様の提案に飛びついた私はいま、着物にエプロンという女中の制服を纏い、女中見習いとしてジャガイモの皮を剝《む》いている。

私はこのまま平凡で、だけど幸せな第二の人生を送るつもりである。

それにこの国、私が生まれ育った国よりも明らかに文明レベルが高い。

たとえば蛇口を捻《ひね》るだけで流れる水や、その水を排水する設備。それにスイッチ一つで光る電球に、馬もなく走る鉄の車など、オルレアの王都にだってなかった代物ばかりだ。

他にも興味があるものは多い。

たとえば、女中の制服を始めとした着物にも大変興味がある。

着物にエプロンを着けたスタイル。頭から被《かぶ》る訳でもなく、ボタンで留める訳でもない。ただ、帯や腰紐《こしひも》で止める衣服なんて元の世界には存在していなかった。

なにもかもが新鮮で、見るものすべてが輝いて見える。

だけど、そんな神聖大日本帝国も、いまは妖魔《ようま》なる存在に平和を脅《おびや》かされているらしい。

その脅威に立ち向かうべく設立されたのが特務大隊だ。

だが、妖魔の力は強大で、特務大隊は日々苦戦を強いられている。そこで召喚の儀によって、魔を払う力があると言われる巫女としての素質を持つ少女が召喚されたそうだ。

やはり、巫女が聖女に近い能力を持っている可能性は高そうだ。つまり、ペンダントに反応がなかったのも、魔封じの手枷が原因である可能性が高い。

……なんて、女中となったいまの私には関係ないよね。

手枷は重いけど、日常生活に支障があるレベルじゃない。このまま手枷を付け続けていれば、私は争いとは無縁の、平和な日常を送ることが出来るだろう。

「レティシア、ジャガイモの皮剝きは後どれくらいで終わりそう？」

厨房《ちゅうぼう》の片隅で仕事をしていると声を掛けられた。声を掛けてきたのは彩花《あやか》さん。こげ茶色のロングヘアで、愛嬌《あいきょう》のある顔立ちをしている女の子だ。

私の先輩にあたる人で、私と同じ仕事着を纏っている。彼女は田舎から働きに出てきた娘で、異国の文化を取り入れたモダンガールなる存在を目指しているらしい。

その関係で、異国、正しくは異世界だけど——から来た私に興味を抱いているようだ。それでいろいろと質問もされるけど、代わりに私の質問にも答えてくれる優しい女の子だ。

私は彼女の問いに答えるべく、剝いたジャガイモと残っているジャガイモの数を見比べた。

「んっと……後半分くらいかな」

「え、もうそんなに剝き終わったの？　レティシアって、料理が出来ないんだよね？」

「出来ないわよ？　でも、刃物の扱いには慣れてるから」

私の発言に彼女は栗色の瞳を瞬かせ「もう、脅かさないでよ。どうせ、前の仕事場でもひたすらジャガイモの皮剝きでもさせられてたんでしょ？」とクスクス笑う。

「ジャガイモの皮剝きは初めてよ？」

普通の子供が親の手伝いをする年頃には、既に王都で聖女としての教育を受けていた。紅茶を淹《い》れたり、お菓子作りならともかく、普通の料理はしたことがない。

「はいはい。じゃあ剝いていたのはニンジン？　それともダイコンかしら？　なんにしても、手際がいいのはいいことよね。私が手伝う分が少なくなるもの」

彩花さんは悪戯《いたずら》っぽい笑みを浮かべて手を洗うと、手際よくジャガイモの皮を剝き始めた。彼女が手を動かせば、魔術を使ったようにジャガイモの皮が剝けていく。

その光景に感心しつつ、私も負けてられないとジャガイモの皮を剝く。黙々と十個くらい剝いたところで、私はおもむろに口を開いた。

「ねぇ、彩花さん、聞いてもいいかな？」

「いいけど……なにが聞きたいの？」

「巫女のことが知りたいなって思ったのよ」

「あぁ、そういえば、レティシアは巫女召喚の儀に巻き込まれたんだっけ。あ、分かった。もしかしたら、自分にも巫女様と同じ力があるかも？　な～んて、期待してるんでしょ？」

「いえ、それはないわ」

願わずとも、同質の力である可能性は高い。むしろ、聖女と巫女がまったく異なる能力で、聖女の力なんて必要じゃなければいいなと思っている。

ただ、もしも巫女が聖女と同質の力を持っているのなら、私の魔石を穢した瘴気を払うことが出来るかもしれない。

魔封じの手枷をしている限りは必要ないことではあるけれど、念のために確かめたいという思いはある。だからただの好奇心だと言い訳しつつ、巫女についての質問を繰り返した。

彩花さんは「そういうことにしておいてあげるわ」と笑い、不意に天井を見上げた。

「そうね……巫女っていうのは、神楽舞《かぐら》とか……祝詞《のりと》だったかな？　ええっと……、要するに、歌ったり踊ったりするの」

「……え？　歌って……踊る、の？」

「そうよ。私もよく知らないけど、祝詞を歌ったり、神楽舞っていうのを踊ったりして、味方を鼓舞したり、魔を払ったり、後は傷を癒やすことも可能だって聞いたわ」

「味方を鼓舞したり、魔を払ったり、傷を癒やす……」

行為の効果を聞く限り、やはり巫女と聖女はよく似ている。だけど、聖女は踊ったり歌ったりはしない。というか、歌って踊って味方を支援するって、踊り子的な職業なのかな？　召喚された女の子は、儚《はかな》げで可愛《かわい》らしいイメージだった。そんな彼女が歌って踊りながら、味方を支援する姿はあまり想像できない。

なんにしても、勇者達と共に戦いに身を投じる聖女とはだいぶ違うようだ。

「——彩花さん、どこですか？　部屋の掃除がまだですわよ」

不意に彩花さんを呼ぶ声が聞こえた。

「あっと、忘れてた。レティシア、私はもう行くわね」

「行ってらっしゃい。手伝ってくれてありがとね」

「いいのよ、今度は私が手伝ってもらうから」

彩花さんは陽《ひ》だまりのように暖かい笑みを浮かべ、小走りに去っていく。その背中を目で追いながらジャガイモの皮を剝いていると、指先に鋭い痛みが走った。

ナイフで指先を少し切ってしまったようだ。

「――ヒール」

視線を傷口に向けて治癒の呪文を口にする。

だけど、治癒の魔術は発動しない。

「……そうだった」

私はナイフとジャガイモを脇に置いて、女中として支給された制服の袖を捲《まく》る。そこには魔封じの手枷が嵌《は》まっている。この手枷を外さない限り、私の力は封じられたままだ。

そういえば、この世界にもポーションの類いはあるかな？　あるのなら、いざというときのために確保しておきたいなぁと考えているうちに、傷は塞がってしまった。

……あれ？

もしかして、封じられたのは魔力だけで、スキルの類いは問題なく使えてる？

2

第八大隊の宿舎で女中を始めてから一カ月が過ぎた。そうして、初めてのお給金を手にした私は、休みの日に外出許可を取った。帝都の町で買い物をしてみたかったのもあるし、万が一に備えて、手枷を外す手段を確保しようと思ったからだ。

そんな訳で、私は手持ちの外出着に着替える。

以前、魔王軍から街を救ったお礼にと、その街の大きな商会から贈ってもらった、桜色に染めたシルクに刺繍《ししゅう》を施したハイウエストのワンピースだ。

いつも危険と隣り合わせの生活を送っていた私は、結局着ることが出来なかった。

でもいまは違う。

私はそのワンピースに着替え、鏡の前に立つ。

「……うん、大丈夫そう」

これだけでも、この世界にやってきた価値はある。私は鏡の前でクルリと回って身だしなみをチェックし、軽い足取りで部屋を後にした。

「キミが巫女召喚で招かれたという女性ですか？」

上機嫌で廊下を歩いていると、不意に声を掛けられた。

声のほうに振り返ると、開け放たれた窓枠に青年が腰掛けていた。着崩した着物に袴《はかま》というスタイルで、着物の下にはシャツを纏い、袴の下にはブーツを履いている。

なにやら気怠《けだる》げな黒い瞳が印象的な、色気を纏う青年である。

だが、彼の瞳の奥には、好奇心が確かに滲んでいた。

「私は召喚に巻き込まれたほうの人間ですが……貴方は？」

「失礼しました。僕は水瀬《みなせ》蒼二《そうじ》。キミに興味があって会いに来ました」

「それは……私が召喚された人間だから、ですか？」

「まぁそんなところです。ですが……少しタイミングが悪かったようですね。勝手に接触したことがバレると彼に怒られてしまいますから、おしゃべりはまたの機会に」

彼はちらりと廊下の先に視線を送る。私が釣られて視線を向けると、そちらから着流し姿の雨宮様達が歩いてくるところだった。

「……ん？　おまえは……レティシアか？　ここでなにをしている」

「私は――」

窓のほうへと視線を向けると、そこには既に誰もいなかった。開け放たれた窓だけが、彼のいた痕跡を残している。

「いえ、ただの通りすがりです。ところで、雨宮様はいつもと違うお召し物なのですね」

いつもは軍服を身に付けている彼が、今日は羽織りに着流し姿だ。

軍服姿とはずいぶんと雰囲気が違う。

「ああ、今日は非番で立ち寄っただけだからな。そういうレティシアは変わった服装をしているな。ずいぶんと見違えたではないか」

「ありがとうございます。これは故郷のファッションです」

「……故郷の？　あぁ、給金で作らせたのか」

自前の外出着だけど、思惑通りにこの国であつらえた服だと誤解される。

私は否定も肯定もせず、笑顔で受け流した。

「この国で着ていてもおかしくありませんか？」

「斬新なデザインではあるが、着る分には問題ない。この国は今、急速に異国の文化を受け入れつつあるからな。大抵のファッションは受け入れられるはずだ」

異国の文化こそが正義――という勢いで異国の文化が取り入れられているらしい。そういえば、彩花さんもモダンガールを目指していると言っていた。

……着物も素敵なのにね。

私はむしろ、お給金で着物を買いたい。

「伊織さん、この嬢ちゃんはもしかして、あのときの嬢ちゃんか？」

「え、そうなんですか？」

雨宮様の斜め後ろに控えていた赤髪の青年が驚いた顔で私の顔を覗き込み、金髪の男の子はパチクリと瞬《またた》いた。私が召喚された日、雨宮様に同行していた二人のようだ。

「ああ、巫女召喚の儀に巻き込まれた娘だ」

「マジか、まったく別人じゃねぇか」

「すごく、その……いえ、なんでもありません」

やんちゃな見かけの赤髪の青年が感心するように呟《つぶや》くと、大人しそうな見た目をした金髪の男の子は恥ずかしそうに視線を逸《そ》らした。

続けて、赤髪の青年が私に話しかけてくる。

「おい、嬢ちゃん。それは故郷のファッションだと言ったな？　そんな豪華な服に着替えてどうするつもりだ？」

「買い物に行こうかと」

「買い物だぁ？　嬢ちゃん、自分の立場は分かってるのかよ？」

赤髪の青年が眉をしかめる。

「立場、ですか？　外出の許可は取りましたが……」

「いや、そういうことを言ってるんじゃねぇよ」

「紅蓮さんは、レティシアさんが疑われることを心配してるんですよ」

赤髪の青年の言葉に、金髪の男の子が補足した。

私は「疑われる、ですか？」と、首を傾《かし》げてみせた。

「特務第一大隊の高倉隊長から、罪人の疑惑を掛けられたんですよね？　それで、見張りをつけるべきだって意見があるんです。あ、もちろん、僕はそんなこと思ってませんよ？」

「そっか、信じてくれてありがとうございます」

「いえ、僕は、その……はい」

アメシストのような印象的な瞳を伏せ、照れて少し赤くなる金髪の男の子が可愛らしい。私は続けて、赤髪の青年にも視線を向けた。

「あなたも、心配してくれてありがとうございます」

「あぁっ？　勘違いするんじゃねぇよ、俺は面倒ごとを増やされたくないってだけだ！　ほら、アーネストも余計なことを言ってないで行くぞ！」

「あ、ちょっと、行くってどこに？　紅蓮さん、引っ張らないでくださいよっ」

とまぁ、そんな感じで紅蓮と呼ばれていた赤髪の青年が、アーネストと呼ばれていた金髪の男の子を引きずって去って行ってしまった。

残された私は、雨宮様に視線を向ける。

「えっと……外出、しないほうがよろしいですか？」

「許可が取れたのなら好きにしろ。ただ、帝都には妖魔が潜んでいる。人気《ひとけ》のない場所に近付いて、面倒ごとを起こさないように気を付けろ」

「お気遣い、ありがとうございます」

私がぺこりと頭を下げると、雨宮様は踵を返して二人のいるほうに去っていった。口数は少ないけど、悪い人ではなさそうだよね……と、彼の背中を見送る。


――という訳で、私は帝都の商業区画に足を運んだ。

お使いで彩花さんと出歩いたことはあるけど、この街並みには何度見ても驚かされる。オルレア神聖王国にも、こんなに発展している大通りは見たことがない。

なにより、通りを走る鉄の車に圧倒された。

それに、道行く人々のファッションの多様性にも驚かされる。

着物の人々が歩いていると思えば、シャツにズボンの集団に出くわす。かと思えば、シャツやブーツを着物や袴と合わせているようなファッションの者達もいる。

そんなふうに文化が入り乱れているわりに、人種はほぼ単一だ。大正時代に入り、異国の文化が急激に浸透しつつある結果だと聞いたけど、それにしてもすごい光景だ。

なにより私が、そんな世界の住人の一人として町を歩いている。この世界に召喚される前、聖女として戦い続けていた頃には想像も出来なかった日常だ。

次は友人と来られたらいいな――なんて物思いに耽《ふけ》っていると、いつの間にか舗装された道が終わり、人気のない路地裏に足を踏み入れていた。

ここは……どこだろう？

人気のない場所には立ち入るなと警告されていたことを思いだし、急いで人の多い表通りに戻ろうとする。その直後、路地の奥から子供の悲鳴が聞こえてきた。

迷ったのは一瞬、私は声のするほうへと駆けだした。ワンピースの裾を捌《さば》きながら踏み固められた土の上を駆けて、突き当たりのT字路を曲がり、声のするほうへと向かう。

そこには、絶望に彩《いろど》られた顔でへたり込む男の子。

そして、男の子に迫るのは、身長が二メートルを優に超える筋骨隆々の大男。禍々《まがまが》しい影を外套《がいとう》のように纏っているけれど、その姿は魔物の一種であるオーガによく似ている。

あれが……妖魔？

驚く私の目の前で、オーガもどきが手に持っていた角材を振り上げた。へたり込む男の子に向かって、反射的にプロテクションの魔術を行使しようとするけれど——発動しない。

そうだ、魔封じの手枷のせいで魔法を使えないんだった！

私は反射的に飛び出して、オーガもどきに体当たりをした。バランスを崩したオーガもどきの振り下ろした角材が、へたり込む男の子の真横を叩《たた》く。

ドカンとものすごい音がして、踏み固められた地面が大きくえぐれた。その一撃をまともに食らえば、ただの人などひとたまりもないだろう。

「なにをしているの、逃げなさい！」

「で、でも、お姉ちゃんは！」

「いいから逃げなさい！」

私が叱責《しっせき》すると、男の子は路地の向こうへと駆けていった。

それを見送った瞬間、視界の端から迫る角材。地表から振り上げたその一撃を、私は仰《の》け反ることで回避。そのまま後退しようとして――ズルリと足を滑らせた。とっさに地面を蹴って後方に半回転。地面に手をついて、スカートの裾を翻《ひるがえ》しながらバク転の要領で退避する。

……危なかった。

以前の私なら、回避した直後にカウンターを叩き込めたはずだ。でも、いまの私は重い魔封じの手枷によって、聖女の術や魔術ばかりか、持ち前の身軽さまでもを封じられている。

飛び出したのは勇み足だったかもしれない。

……うぅん。どのみち、殺されそうな子供を見捨てることは出来なかった。

だけど――と周囲を見回す。

見える範囲に人目はない――ように見える。でも、アーネストと呼ばれていた男の子が、私に監視を付けるべきだという話が軍の上層部で出ていると言っていた。それなのに私の外出許可は簡単に下りた。そこから導き出されるのは、既に監視がついている可能性だ。

もし監視に戦っているところを見られたら厄介なことになるかもしれない。

周囲に人はいないし、そのうち隊員が駆けつけるだろう。なら、私が相手をする必要はない。

逃げちゃおうかな――と思った直後、オーガの頭に石つぶてがぶつけられた。

「こ、こっちだ、化け物！」

叫んだのは逃げたはずの男の子。オーガもどきがその声に反応し、男の子のほうへと向かおうとした瞬間、私はその進路を防ぐように回り込んだ。

オーガもどきが角材を振るうけれど、私はそれを寸前で回避した。そうして、自分の背後にいるであろう男の子に向かって叫ぶ。

「馬鹿、逃げなさいって言ったでしょ！」

「でもお姉ちゃんが！」

「私は大丈夫だから逃げ——っ、いえ、助けを呼んできて」

「分かったっ、すぐに助けを呼んでくるから！」

男の子はそう言って走り去る。でも、あの分なら間違いなく戻ってくるだろう。私がここから逃げると、あの男の子がまたピンチに陥るかもしれない。

……あぁもう、仕方ない！　状況が悪化する前にオーガもどきを倒してしまおう。

どこかから監視されている可能性を考えて、万が一にも武器は使わないほうがいいだろう。

私はレースのヒモで髪を後ろで束ね、重心を落として自然体で構える。

私を敵と認めたのか、オーガが角材を持つ手を振り上げて迫ってくる。

当たればただでは済まないけれど、当たらなければどうということはない。というか、いまから攻撃しますよと言わんばかりの攻撃に当たるはずがない。

私は軽く横に移動するだけでその一撃を回避した。

だけど、角材が地面を叩いた瞬間、オーガもどきはその反動を利用して上斜め横、私が回避した方向へと角材を振り上げる。

反動を利用した分、さきほどよりも切り返しが速い。

……学習した？

いまは未熟だけど、学習するだけの知性があるようだ。

私は斜め前に飛び出し、オーガもどきの斜め後ろ、死角へと回り込んで角材を回避。無防備な膝裏に蹴りを叩き込んだ。オーガもどきはぐらりと身体を揺らして前屈《まえかが》みになる。

それに合わせて一歩踏み込む。その足を軸にして半回転。ミスリル製の手枷を、オーガもどきの顎に叩き付けた。

オーガもどきは上半身をぐらりと揺らし、そのまま地面に倒れ伏した。

人間と同じように、脳を揺らされるのには耐えられなかったようだ。そのまま数秒、オーガもどきが動かないことを確認して、私は大きく息を吐いた。

「妖魔はどこだ！」

「軍人さん、こっちです！」

曲がり角の向こうから複数の声が聞こえてくる。一人はさきほどの男の子の声だ。思ったよりも助けを連れてくるのが早かった——と、私は這々《ほうほう》の体で逃げ出した。

結局、私は魔封じの手枷を外すあてを見つけることはもちろん、帝都の街並みをゆっくり見て回ることすら出来なかった。しょんぼりである。

3

部屋に戻った私は、休日の残りをぼーっと過ごしていた。

女中としての私に与えられたのは小さなワンルーム。入居したときはベッドと化粧台くらいしかなかったのだけど、いまは私が持ち込んだ様々な私物で華やかさが増している。

私は窓際に設置したテーブル席に腰掛けて、紅茶を片手に窓から見える景色を眺めていた。

そんなとき、不意に扉がノックされた。私は手櫛《てぐし》で軽く身だしなみを整えながら、扉の外に向かって返事をする。そこに聞こえてきたのは意外な声だった。

慌てて扉を開けると、ものすごくなにか言いたげな顔の雨宮様が軍服姿で佇んでいた。

「特務第八大隊の隊長がお呼びだ。司令室まで同行してもらおう」

という訳で、私は宿舎の隣にある特務第八大隊の作戦本部に連れて行かれた。

建物内にある司令室に案内され、ソファに座らされる。そして私が座るソファの左右には、なぜか紅蓮さんとアーネストくんが肘掛けに腰掛けている。

でもって、黒檀《こくたん》のテーブルを挟んだ向かい。

雨宮様と、初めてお目に掛かる渋いおじさまが並んで腰掛けていた。

全員が軍服姿。軍服の階級章を見るに、渋いおじさまは雨宮様よりも階級が上、ここの隊長のようだ。というか、とっても包囲されている気分。

「雨宮様……私はなぜここに呼ばれたのでしょう？」

「ああ、レティシアを呼んだのは隊長——達次朗《たつじろう》の大佐殿だ」

雨宮様が隣に座る渋いおじさまに視線を向けた。

「神聖大日本帝国陸軍所属、特務第八大隊隊長、笹木《ささき》達次朗大佐だ」

彼はとても落ち着いた、けれど渋い声で名乗りを上げた。

大佐とは、佐官のうちで一番上の階級。元の世界で言えば、騎士団の隊長に当たると、この世界で一カ月過ごした私は知っている。

私は背筋をのばし、敬意込めて頭を下げる。

「お初にお目に掛かります。私はレティシアと申します、笹木大佐様」

「うむ。キミが召喚の儀に巻き込まれた娘さんだね。初めまして、レティシア嬢。本日は急な招きにもかかわらず、よく応じてくれた。感謝するよ」

「もったいないお言葉です。……それで、私にどのようなご用でしょうか？」

「話というのは他でもない。さきほど、帝都に現れた妖魔のことだ」

「な、なんのことか分かりかねます」

　さきほどの件がバレているなんて思っていなくて、思わずどもってしまう。そんな私の目の前に、雨宮様がすっと書類を差し出した。

「さきほど、帝都に現れた妖魔を倒した者がいる。目撃した子供の証言によると、桜色のワンピースを身に纏った、白金の髪の女性だったそうだが？」

「……お騒がせして申し訳ございません」

　あの男の子が喋ってしまったらしい。これは誤魔化しきれないと頭を下げた。

　雨宮様の鋭い視線が私にグサグサと刺さる。

「……ほう？　ではおまえが妖魔を倒したと認めるのか？」

「えっと……まぁ、その……はい」

　目撃証言があるのなら仕方ないと自白した。

「そうか。ちなみに、妖魔にはこれといった外傷はなかったが、どうやって倒したんだ？」

「実は、腕を振り回した際に、この腕輪が運良く妖魔の顎に当たって、それで妖魔が意識を失ったんです。それがなければ、妖魔を倒すことは無理だったと思います」

　こういった事態を想定して、武器もスキルも使用していない。私がオーガもどきを倒せたのは、ただの偶然だということを強調する。

　だけど——

「偶然で妖魔を倒せるとは思わぬが」

「伊織の言う通りだな。偶然で倒したなどと、謙遜がすぎるというものだ」

雨宮様、そして笹木大佐様が続けざまに偶然ではあり得ないと否定する。

私は、それを更に否定しようとするが――

「――俺は信じねぇぜ！」

私のすぐ側で、バンッとソファの背もたれを叩く音が響いた。その反動で肘掛けから降り立った紅蓮さんが雨宮様に詰め寄る。

「なあ、伊織さん。本気でこいつが戦えるなんて信じてる訳じゃないだろ？　こんなひょろっこい娘が妖魔と戦ったら、すぐに死んじまうに決まってる」

「おまえは目撃情報が嘘だというのか？」

「そうは言わねぇけどよ。……おい、嬢ちゃん。どんな手を使った？」

紅蓮さんが私を睨《にら》みつける。

その視線を受け止め、私は小首を傾げた。

「話が見えないのですが？」

「おまえみたいなのが、妖魔と渡り合えるはずがないって言ってんだよ」

「と言われましても。実力で倒した訳じゃないと言っているじゃありませんか」

誤魔化したいのは私のほうだ。証拠を突きつけられて白状したのに、信じないと言われても困る。そう思っていたら、彼がわずかに重心を下げた。

私は反射的にソファから腰を浮かす。

剣呑《けんのん》な雰囲気を見て取ったアーネストくんが慌てて立ち上がった。

「ぐ、紅蓮さん、なにをするつもりですか！」

「うるせぇ！　ここで分からせなきゃダメなんだよっ！」

紅蓮さんが軍刀を抜刀、抜き放つ勢いを殺さずに刀を振るった。

――速いっ！

鞘《さや》から抜き放つ一撃がそこまで速いとは思っていなくて驚く。それでも、私はソファから滑り落ちるようにしてギリギリで回避した。

目の前、直前まで私の座っていた空間を、煌《きら》めく銀光が斬り裂いた。

それを見送ると同時、私は地面を蹴ってソファの上に乗って後転。手をついてソファの上で逆立ちになり、クルリと背もたれを越えて、ソファの後ろへと降り立った。

――が、ソファに足を掛けて飛び越えてきた紅蓮さんが追撃を仕掛けてくる。

今度は側面に転がって回避。起き上がると同時に魔術で身体能力を強化――しようとして失敗する。そうだ、まだ魔封じの手枷で魔術は封じられているんだった。

焦る気持ちに乱れた足が、ワンピースの裾を踏んでつんのめる。その一瞬の隙に放たれた紅蓮さんの追撃が私に迫る。回避は――間に合わない。

鋭い刃が私のほうへと迫り来る。

キィンと、ガラスを打ち合わせたような甲高い音が響いた。

私のすぐ目の前。紅蓮さんの軍刀が、別の軍刀によって止められていた。

「紅蓮さん……どういうつもりですか？」

止めたのはアーネストくんだ。一体いつ彼が動いたのか、私には見えなかった。紅蓮さんだけでなく、アーネストくんも一流の剣士みたいだ。

「なんだ、アーネスト。俺とやり合うってのかよ？」

「貴方《あなた》がレティシアさんを傷付けるつもりなら」

紅蓮さんが燃えさかる炎のような殺気を放つと、アーネストくんも赤く染めた瞳を輝かせ、普段の気弱なイメージから想像も出来ないほどの冷たい殺気を放ち始める。

そして――

「てめぇら、そこまでだ！」

雨宮様が殺気を乗せた鋭い声で一喝した。二人の身体がびくりと震える。

「てめぇらがいたら話が進まねぇ。外で頭を冷やしてこい」

「伊織さん、俺は――」

「――ごめんなさい！　ほら、行きますよ、紅蓮さん！」

「あ、こら、アーネスト、引っ張るんじゃねぇ。まだ、話が――」

アーネストくんに紅蓮さんが引っ張っていかれる。そうして、二人は部屋から出て行ってしまった。私はそれを呆気《あっけ》にとられて見送る。

そこに笹木大佐様が口を開いた。

「レティシア嬢、すまないことをした。紅蓮はあれでもキミのことを考えているんだ。どうか許してやって欲しい」

「……分かりました」

私がそう答えると、笹木大佐様は意外そうな顔をする。

「本当に分かったのかい？」

「すみません。実はよく分かっていません」

「ならば――」

話を合わせたのかと、笹木大佐様の目が少しすがめられる。

だから私は首を振って否定した。

「善意かどうかは分かりませんが、殺意がなかったのは分かります。それに最後の一撃、私に当たる軌道ではありませんでしたから」

「はっはっ、たしかにたしかに。レティシア嬢はよく分かっているな。やはり、妖魔を倒したのはただの偶然ではあり得ないな」

笹木大佐様が朗らかに笑う。

……失敗した。本当なら分からないフリをするべきだった。いや、誤魔化すつもりなら、そもそも紅蓮さんの攻撃に反応するべきではなかったのだ。

……と言っても、死と隣り合わせの日々では、手加減をするとか、実力を隠すなんて考えていたら生き残れない。さっきの攻撃に対して反応してしまったのは仕方なかったと思う。

問題はこの後だ——と、私は表情を取り繕ったまま警戒する。

「笑い事じゃないぜ、達次朗の大佐殿。司令室で軍刀を抜くなんざ軍法会議モノだ」

「おぉ、言われてみれば伊織の言う通りだな。という訳でレティシア嬢、さきほどの出来事はここだけの話にしておいてくれますかな？」

祖国と比べてずいぶんと軍規が緩いと思ったけれど、雨宮様が軽く頭を抱えているところをみると、どうやら笹木大佐様の性格がおおらかなだけのようだ。

「ここだけの話にすることに異論はありません。ですが、なぜあんなことになったのか、理由を教えていただいてもよろしいでしょうか？」

「うむ、それは当然の要求だな。では説明は伊織に任せよう」

「はあ？　なんでそうなる」

「なんでもなにも、貴公は副隊長。私の補佐役だろう」

「ったく、都合のいいことばかり言いやがって……」

雨宮様は溜《た》め息を一つ、軍服の襟を正して私へと向き直る。黒く深みのある瞳がギラリと光り、その瞳の中に私の姿を映し出した。

「レティシア、我ら特務第八大隊の隊員になるつもりはあるか？」

4

雨宮様から特務第八大隊に勧誘される。それでさきほどのやりとりの意味を理解した。紅蓮さんが私に襲いかかってきたのは、私を入隊させたくなかったから。

私の素性を考えれば、紅蓮さんが反対するのももっともだ。ただ、そんな彼の行動が、私の実力を証明してしまったのは皮肉としか言いようがない。

「ちなみに、どうして私のような素性の分からないよそ者を勧誘なさるのでしょうか？　私には罪人疑惑があるとおっしゃっていたではありませんか」

「その件なら既に答えは出ている」

「そう、なのですか？」

雨宮様の言葉は予想外だ。この世界に招かれたとき、私は泥まみれでみすぼらしい格好をしていた。罪人だと疑われたのも仕方がないと思っている。

身の潔白を証明する手段がない以上、疑いを晴らすのは不可能だと思っていた。

「おまえは見ず知らずの者のために、妖魔の前に飛び出すお人好《ひとよ》しだからな。それだけで、仲間に勧誘する理由には十分だ」

「ありがとう、ございます」

思わず感謝の言葉が口をついた。

雨宮様が首を傾げる。

「なぜ礼を言う？」

「さあ、なぜでしょう？　私の行動を認められたのが嬉《うれ》しかったのかもしれません」

「ふん、おかしなヤツだ。それで、返答はどうなんだ？」

「まだ私の質問に答えていただいていません」

「おまえのことは信用に値すると判断した。そう言ったはずだが？」

「だとしても、よそ者を雇う理由にはならないと思います」

私はこの国のことをよく知らない。だけど普通に考えれば、国家の安全に関わるような部隊に、素性の分からぬ者を入隊させていいはずがない。

でなければ、間諜《かんちょう》などが入り放題になってしまう。

「ふむ、それには私が答えよう」

笹木大佐様の言葉を受け、私はそちらに視線を向ける。

「なにか理由があるのですか？」

「ああ。特務大隊は圧倒的に人材不足なのだ。帝都付近を守るのは第一、第八大隊のみで、第

二、第三大隊は地方に散っているし、第四から第七は現在のところ存在していない」
「え、存在しないというのは、もしや……」

壊滅したのかと、最悪の可能性が脳裏をよぎる。

「いや、最初から存在していないのだよ」

「最初から、ですか？」

「恥ずかしい話だが、現在の軍部は予算不足でね。妖魔に対抗するには特殊な訓練をおこなう必要があるのだが、それには莫大《ばくだい》な予算が必要になる。よって、正規軍は第三大隊までしか存在しないという訳だ」

「第三大隊まで、ですか？　では、特務第八大隊は……」

「レティシア嬢、異国から来たキミには分からないかもしれないが、この神聖大日本帝国で暮らす大半は日本人だ。なのに、特務第八大隊には外国人が多いと思わないかい？」

「……あ」

笹木大佐様の指摘で気付く。

目の前にいる二人は黒髪だが、紅蓮さんやアーネストくんは違う。

宿舎を見ても、赤髪や金髪を始めとした様々な容姿の人間が多く所属している。気に留めていなかったけど、いまにして思えば、宿舎の外に出れば黒髪の人が圧倒的大多数を占めていた。

この部隊だけが異例なのだ。

「特務第八大隊は外国人部隊なのですか？」

「少し違うな。特務第八大隊は、はみだし者の集まりなのだよ」

四番から七番が空いているにもかかわらず、八番を付けられているのはそれが理由。今後、正規の大隊が新設されたときは、第八大隊はその下につくことが決まっている。

そういう部隊だから、部外者の私が隊員になっても問題は生じないということらしい。

「私を勧誘しても問題ないという理由は分かりました。ですが、巫女様はどうなっているのですか？　戦力不足を補うために、巫女が召喚されたのではありませんか？」

「彼女は現在は特務第一大隊にて、巫女見習いとして訓練をおこなっている。力の発現は確認出来たようだが、巫女様が実戦に参加するのはまだ先のことだろう」

つまり、当分のあいだは情勢が苦しいままという意味。そんな内情を私に明かすほどに、この国の妖魔による被害が大きいのだろう。

「達次朗の大佐殿の言う通り、俺達は苦しい状況で、少しでも戦力になるヤツを集めている。それを踏まえてもう一度尋ねる。我ら特務第八大隊に入隊するつもりはあるか？」

雨宮様が私の目を見て問い掛けてくる。

私は、その誘いに――

「――失礼いたしました」

退出の挨拶を残し、司令室を後にする。そうして踵を返すと、そこには紅蓮さんとアーネストくんが待ち構えていた。

なにやら紅蓮さんの表情が硬い。また、なにか言われるのかと身構えていると、アーネストくんに背中を押された彼が、いきなり私に向かって頭を下げた。

「レティシアの嬢ちゃん、さっきは襲いかかったりして悪かった！」

いきなりのことに驚かされるけれど、頭を下げる姿には誠意が感じられた。笹木大佐様がおっしゃったように、私のことを考えての行動だというのは本当だったのだろう。

それが分かったから、私も表情を和らげる。

「気にしてません。私のこと、心配してくださったんですよね？」

「ば、馬鹿言うな。俺はただ、足手纏いに入隊されたくないだけだ！」

私の言葉に顔を赤らめた彼は、軍服を纏う腕で口元を隠した。

「そんなこと言って、さっきまで、レティシアさんのことを心配してたじゃないですか。『ここで現実を思い知らせなきゃ、取り返しのつかないことになるかもしれない』って」

「アーネスト、てめぇ！　余計なことを言うんじゃねぇよ！」

紅蓮さんが摑《つか》みかかろうとするが、アーネストくんは上手《うま》く回避する。どうやらこの二人、私が思っていたよりも仲がいいようだ。

思わず、クスクスと笑ってしまった。

「おい、アーネスト。おまえが余計なことを言うから笑われたじゃねぇか」

「僕のせいですか⁉」

「ごめんなさい。仲がいいんだなぁって思って」

兵を率いて戦場を駆けた私に背中を預けられる戦友はいても、友達と呼べる存在はいなかった。こんなふうに、思っていることを言い合える仲が少しだけ羨ましい。

「レティシアの嬢ちゃん。さっきの話の続きだが、伊織さんの提案を受けたのか？」

「……いいえ、保留にしてもらいました。正直に言うと迷っています」

今の私は聖女としての力が使えない。でも、私が求められたのは聖女としてではなく、一戦力としてだ。であれば、私は彼らに命を救われた恩を返す義理がある。

だけど同時にこうも思う。

私はウルスラにも命を救われている。彼女に救われなければ、私がこの国に来ることはなかった。であるのなら、私は彼女の願いを優先するべきじゃないのかな、と。

私は……どうしたいんだろう？

「二人はどうして戦うんですか？」

「あん？」

「……どうして、ですか？」

質問の意図が分からないとばかりに二人が首を傾げる。

「紅蓮さんは、特務第八大隊の隊員になるのが危険だと思ってるんですよね？　私には止めるように説得しておきながら、どうして自分は戦っているんですか？」

私はその質問をしたことを悔やんだ。紅蓮さんが一瞬、とても悲しげな表情を浮かべたからだ。その表情だけで、彼に悲しい過去があることを予感させられた。

「あの、言いにくいことなら別に……」

「いいや、問題ない。自分で言うのもなんだが、子供の頃の俺は悪ガキで怖いもの知らずだった。で、親の言いつけを破って――事件に巻き込まれた。そのとき、俺は一度死にかけた。そんな俺を身を挺《てい》して救ってくれたのが姉ちゃんだったって話だ」

「……お姉さん、ですか」

「ああ。優しくて気立てがよくて、村一番の美人で、そして……正義感の強い人だった。だが、その正義感ゆえに、俺なんかを庇って犠牲になったんだ」

「もしかして、紅蓮さんが私を止めようとしているのは、それが理由、ですか？」

正義感は身を滅ぼすと、そう思っているのだろう。

だが、紅蓮さんは私の質問には答えず、ふっと悲しげに笑った。

「そうして身寄りを失った俺を救ってくれたのが伊織さんなんだ。だから俺は、姉ちゃんや、伊織さんがしてくれたことに報いるために戦ってる。ただ、それだけのことだ」

静かな口調で語る。

彼の赤い瞳は恩人への深い情を映し出していた。

「……軽々しく聞くことではありませんでしたね。すみません」

「俺が勝手に話しただけだ。嬢ちゃんが気にすることじゃねぇよ」

傷付いたのは紅蓮さんのはずなのに私が慰められている。自分の不甲斐《ふがい》なさに唇を噛《か》む。そんな私の頭に、紅蓮さんが手のひらを乗せた。

「それで、嬢ちゃんはどうして迷ってるんだ？」

「それは、その……」

ウルスラに命を救われた恩と、彼らに命を救われた恩、どちらを優先するか迷っている。

――というのは、たぶん言い訳だ。

本当は分かってる。自分の望むままに生きるのが一番だと。

でも、だからこそ分からない。私自身がどうしたいのか、ということが。

それが一番の問題である。

そうして言葉を濁した私の後ろで司令室の扉が開き、そこから雨宮様が現れた。

「レティシア、明日の午後、少し俺に付き合え」

5

せっかくのお誘いだけど、明日は普通に仕事がある。そう雨宮様に答えたら、私の明日のお仕事は昼までになった。そんなふうに権力を使うのは、勧誘に関する話だからだろう。

それが分かっていながら、約束の時間を前に着ていく服に迷っていた。私はこの世界のファッション、着物に興味を持っている。

でも、だからって、女中の制服で出掛ける訳にはいかない。オシャレのことなら彩花さんに尋ねればいいかもしれないけど、さすがにいまからじゃ時間が足りない。

私は結局、聖女として町を救ったときのお礼に服職人からもらい、戦場では着られないという理由で死蔵していた服から選ぶことにした。

オフショルダーのブラウスに、透かし編みのカーディガン。スカートはコルセットふうのハイウエストという組み合わせで、色は濃淡の違うグリーンで纏めたトーンオントーン。

髪は後ろで纏め、緩やかなウェーブを掛けて下ろした。

着替え終わったときには、既に待ち合わせの時間の直前だった。

私は小走りで待ち合わせの場所へと急ぐ。そうして、到着した街角。私服とおぼしき着流し姿で佇む雨宮様の姿はとても絵になっていた。

そう思ったのは私だけではないようで、彼はハイカラさんスタイルの女の子達に囲まれていた。そんな彼が私に気付き、女の子達を手振りで追い払いながらこちらへと歩み寄って来た。

「レティシア、待っていたぞ」

「すみません、お待たせしました」

「……いや、謝る必要はない。時間には遅れていないからな。ただ、連中がうるさくてな」

溜め息をつく雨宮様の背後で、すげなく扱われた娘達が私を睨んでいる。雨宮様はそんな彼女達に気付いているのかいないのか、私を上から下まで眺めた。

「それも故郷のファッションか？　レティシアによく似合っているな」

「あ、ありがとうございます。雨宮様も、その……素敵ですよ？」

軍服姿も格好いいが、羽織りに着流しという姿には妙な色気がある。そんなことを考えながら見惚れていると、雨宮様はコホンと咳払《せきばら》いをして空を見上げた。

「雲行きが怪しいな。少し急ぐとしよう」

彼はそう言って踵を返すと、私の返事も聞かずに歩き出した。私は慌ててその後を追い掛ける。隣に並ぼうとした私は、はっと踏みとどまって彼の背後についた。

「レティシア、なにをやっている？」

「え、あ、その……この国の女性は殿方の後ろを歩くのがマナーだとうかがったので」

「そのような気遣いは無用だ。隣に来い」

「えっと……では、お言葉に甘えて」

足を速めて雨宮様の隣に並ぶ。

彼は私より頭半個分くらい背が高い。歩きながら横顔を見上げていると、その整った顔立ちがより際立って見える。というか、ものすごくまつげが長い。

「突然呼び出して悪かったな」

「いえ、かまいませんが……どこに向かっているのですか？」

「帝都の郊外だ。おまえに見せたい光景がある」

彼はそう言うが、見せたい光景がなにかは教えてくれなかった。私は雨宮様の隣を歩きながら、帝都の街並みへと視線を向ける。

自動車の利便性は言うに及ばず、舗装された道路や、そこに設置された電灯はとても明るい。上下水道も整備されているし、故郷の王都よりもずっとずっと技術の進んだ帝都。

こんなにも立派な都に妖魔が潜んでいるなんて、いまでも信じられない。

「雨宮様、妖魔とはなんですか？」

「妖魔とは文明開化と共に現れた異形の化け物だ。あるときを境に動物や人間が突然、妖魔に成り変わるという現象が確認されるようになった」

「……まるで魔物ですね」

私が出会った妖魔も、魔物の一種であるオーガと似ていたことを思い出す。そう考えると、魔物と妖魔は同質の存在なのかもしれない。

「レティシアはなにか知っているのか？」

「妖魔のことはなにも。ただ、故郷では、動物や人がある日突然に、魔物に成り代わるという現象が日常的にありました。……あ、魔物というのは、妖魔に似た化け物です」

「その原因は分かっているのか？」

「瘴気と呼ばれる、汚染された魔力素子《マナ》が原因です。それを呼吸や食事で取り込むと体内の魔石が侵され、魔物へと変容する原因となります」

「……聞き慣れぬ言葉が多々あるが、つまりは汚染が原因ということか？　類似点も多いようだし、いろいろと調べてみる価値はありそうだな。後日、あらためて話を聞かせて欲しい」

もちろんかまいませんと、私は笑みを浮かべて応じた。

その後は他愛もない世間話に興じる。雨宮様から、この世界での生活に慣れたか？　なんて聞かれ、おかげさまで、なんて答えながら歩き続ける。

そうしていつしか、私達は帝都の郊外にやってきていた。

故郷とは比べものにならないほど発展した帝都だけれど、郊外に行くと途端に風景が一変した。古びた木造の家屋も多く、周辺には少し寂しげな雰囲気が漂っている。

カランカランと、彼の履く下駄《げた》の足音だけが響いている。

「雨宮様、どこへ向かっているんですか？」

「もうすぐそこだ」

「さっきもそう言いましたよ？　そろそろ教えてくれてもよくないですか」

拗《す》ねた表情を浮かべてみせれば、彼は笑って少し先を指差した。

「あの角を曲がった先が目的地だ」

雨宮様に続いて角を曲がる。

途端、さぁっと風が吹いて、私のスカートの裾がひるがえった。

裾を押さえた私は、視界に映った景色を前に息を呑む。大きな敷地に、一定の間隔で削り出された石が立てられている。独特の雰囲気を纏っている空間。

故郷とは様式が違うけれど、ここがどのような場所であるかはすぐに分かった。

「……墓地、ですか？」

「ああ。妖魔の犠牲になった者達が眠る霊園だ」

雨宮様は近くにあった井戸で手桶に水を汲《く》み、霊園の奥へと移動を始める。なにも言わずに歩き出す彼の後を、私も無言で追いかける。

彼は大きな墓石の前で足を止めた。

柄杓《ひしゃく》で掬《すく》った水を墓石に掛けて清め、懐《ふところ》から取り出した花を霊前に捧げる。

「――久しぶりだな、おまえ達。近況報告に来てやったぜ」

ぶっきらぼうな言葉遣いとは裏腹に、彼は墓石の前に膝を突いて静かに祈りを捧げる。故人を悼《いた》む気持ちを感じ取った私は、彼の後ろに控えた。

線香の匂いが香り、どこからともなく虫の音が聞こえてくる。どれくらい祈りを捧げていただろう？　雨宮様は立ち上がり、墓石に背を向けて私を見つめた。

「レティシア、俺がなぜおまえをここに連れてきたか分かるか？」

「……ここで亡くなった方達は、妖魔の犠牲になったのだとおっしゃいましたね？　このような犠牲者を減らすためには私の力が必要だと、そう説得するためでしょうか？」

「半分正解だ」

「……では、残りの半分は？」

「ここで眠る者達のようになりたくなければ、部隊に入るのはよせと諭すためだ」

私はコテリと首を傾げた。

どちらの言い分も理にかなっているが、その二つは相反する意見だ。

「意味が分かりません。私を説得したいのではないのですか？」

「俺達は常に妖魔と戦える者を募集しているが、望まぬ者に戦いを強いるつもりはねぇよ。どうするかはおまえの意思に任せるつもりだ。ただ、なにも知らなければ判断も出来ないだろう？　だから俺はおまえに、自分で判断するための情報を与えようと思っただけだ」

「私の、意思……」

聖女として生きることしか知らなかった私に、自由になれと言ったウルスラの死に顔を思いだした。熱いものが込み上げ、それが大粒の涙となって瞳からあふれ出る。

「お、おい、泣くほど勧誘が嫌だったのか⁉」

雨宮様がぎょっと目を見張る。

私は慌てて首を横に振るが、自然と込み上げる涙は止まらない。

「ご、ごめんなさい、なんでもありません」

涙を止めることが出来なくて、困った私は視線を彷徨《さまよ》わせてしまう。そんな私の目元に柔らかな布が触れた。雨宮様のハンカチが、私の涙を優しく拭った

「俺が……おまえを傷付けたのか？」

「違います。ただ、失った仲間のことを思いだしてしまって」

「失った、仲間……だと？　一体なにがあった？」

「それは……」

私は視線を彷徨わせた。雨宮様はすぐに「言いたくなければ言わなくていい」と気を使ってくれたけど、私はそれに対して首を横に振った。

誰かに聞いて欲しかったのだと、いまごろになって気付く。

「私は……祖国で、雨宮様達のように戦っていたんです。仲間と共に戦って、戦って戦い抜いて、そうして宿敵を討ち滅ぼしたとき、戦場には私しか立っていませんでした」

雨宮様が息を呑んだ。戦場を知る雨宮様は、敵も味方もいない戦場に一人佇む私を明確にイメージしてしまったのだろう。

「部隊に所属するのを迷っているのは……残される者の苦しみを知っているからか？」

「……はい」

私を残して死んだのはウルスラだけじゃない。

死にたくないと叫びながら死んだ仲間がいた。先に逝《い》くと笑って死んだ仲間もいたし、この戦いが終わったら聞いて欲しいことがあると言いながら帰ってこなかった者もいる。

多くの人々が、なんらかの想《おも》いを私に託して死んでいった。

それを重荷だと思ったことはない。

でも、もう一度同じことを繰り返したいかと聞かれると……答えることが出来なかった。笹木大佐様や雨宮様、それに紅蓮さんやアーネストくんはいい人だから。

「……俺が言うことじゃないかもしれないが、勝手に召喚して悪かった」

「いいえ、感謝しています」

「感謝……だと？　国では英雄扱いされていたのではないのか？」

いぶかしげな表情だけどそれも無理はない。いまの説明から、私が召喚されたときの状況を想像するのは不可能だろう。

「召喚されたあの日、私はずぶ濡れの泥まみれでしたよね？　あのとき、私は魔族の残党に殺されそうになっていたんです。だから……助かりました」

「あの日、あのような格好をしていたのはそれが理由か……」

雨宮様の整った顔が大きく歪んだ。

続けて、彼は私に向かって深々と頭を下げた。

「すまない。そのような過去があるのなら、戦いから遠ざかりたいと思うのは当然だ。おまえの事情も知らずに不躾《ぶしつけ》な頼みをした。部隊に勧誘したことは忘れてくれ」

「い、いえ、気にしないでください」

協力しなくていい。そう言われた私が感じたのは安堵――ではなく、ズキリという胸の痛みだった。私は……もしかしたら、彼らと共に戦いたいと思っているのだろうか？

自分の気持ちが分からない。

そして仮にそうだったとしても、いまの私が戦うのは無理だ。

いまの私は魔封じの手枷のせいでその能力の多くを封じられている。魔封じの手枷を外せばそれらの能力を使うことが出来るけど、今度は魔物化の危機に晒されることになる。

私は――

「もしかして、戦いから逃げることに罪悪感を抱いているのか？」

「……正直に言えば、少しだけ」

私が俯《うつむ》くと、雨宮様のしなやかな指が私の頬に触れた。

「雨宮様？」

「戦いなど、戦う理由のあるヤツだけがすればいい。レティシアが罪悪感を抱くというのなら、おまえの分も俺が帝都を守ろう。だから、おまえは自分の望むままに生きろ」

ぽかんと彼を見上げる。

雨宮様がウルスラと同じ言葉を言ってくれたからだ。

「優しいんですね」

「……誤解するな。帝都を守るのは最初から俺の役目だというだけのことだ」

雨宮様はぶっきらぼうに言い放ち、私の返事も聞かずに踵を返した。

だけど――

「優しくない人は、墓地にお参りなんてしませんよね？」

墓地で眠る死者の魂に問い掛ける。同意の声は返ってこなかったけれど、代わりに優しい風が私の頬を撫でた。死者もきっと私と同じ気持ちだろう。

そんな確信を抱きつつ、私は彼の背中を追い掛けた。

今日はあいにくの曇り空。だけど、いまは雲の隙間から日の光があふれ出している。それは奇《く》しくも、いまの私の心を現しているかのようだった。

6

結局、部隊に所属するかどうかの返事は保留にしてもらっている。

いろいろと思うところがあっての保留だけど、彼らは遠回しなお断りと思ったようだ。笹木大佐様は気が変わったら教えて欲しいと残念そうに言い、雨宮様は私の意見を尊重すると言った。

こうして、私は女中としての生活を続けた。

それから一カ月が過ぎたある休日。

私は手枷を外す手段を探すためにあらためて外出許可を取った。そこに折よく彩花さんがやってきて、一緒に帝都に買い物に行かないかと声を掛けられた。

私はその誘いを受けて、宿舎の前で待ち合わせをする。

ほどなくして彩花さんが姿を現した。

普段は支給された女中の制服、着物にエプロンを身に着けている彩花さんだが、今日は耳まで隠れるつばのない帽子に、膝丈スカートのワンピースという出で立《いた》ちだ。

「お待たせ、レティシア」

「私もいま来たところだよ。彩花さんの帽子、とっても可愛いね」

「ありがとう。本当は髪を短くしたいんだけどね」

「彩花さんなら似合うと思うよ？」

帽子と髪の長さの話の繋《つな》がりが分からなくて小首を傾げる。

「ありがと。でも、もう少しこの国の風潮が変わってから、かな」

文明開化で価値観が大きく変わり、若い女の子はショートヘアに憧れている。だけど、彼女達の親の世代では、女はロングヘアという風潮がいまだ根強く残っている。

ゆえに、女性がショートヘアにすることに眉をひそめる者も多い。そこで、ショートヘアの代わりに、帽子やリボンで髪をまとめ、耳を隠すファッションが流行《はや》っているらしい。

「そっか。じゃあ、いつかショートヘアに出来たらいいね」

「うん、ありがとう！　……ところで、レティシアのそれは？」

「あぁこの服？　これは私の故郷のファッションよ」

ドレスの裾を少しだけ摘まんで答える。

今日は、レースをさり気なく使った外出用のドレス。大人しめのデザインで、外を出歩きやすいデザインになっているが、れっきとした異世界のファッションだ。

「へぇ～すごく綺麗《きれい》だね。もしかして、オーダーメイド？」

「そうだけど？」

というか、故郷には、この世界みたいに機械で作る量産品の既製服は存在しない。

「いいなぁ。私も作ってもらおうかなぁ？　でもオーダーメイドの洋服って高いからなぁ」

彩花さんが肩を落とした。

彼女は田舎から働くために帝都に来て、お給金の一部を実家に仕送りしているらしい。それに、この国のことを知らない私にも親切にしてくれる優しい女の子だ。

なにかいい方法はないかなと、私は考えを巡らせ、そうだと手を叩く。

「彩花さんはたしか、お針子仕事もしてたよね？　生地を買って自分で作ってみたら？」

「え？　えぇ……私に出来るかなぁ」

「それは分からないけど、見本ならあるよ？」

彩花さんはなにかと要領がいいから、材料さえあれば出来るんじゃないかなと提案してみる。

「じゃあ……作ってみよう、かな？　いまから生地を買いに行くの、ついてきてくれる？」

「もちろん、かまわないよ」

「ありがとう、レティシア。それじゃ——こっちよ！」

彩花さんに手を引かれて、私は帝都の表通りを歩く。

まずは服飾店に行って、生地を売ってくれる店を尋ねた——んだけど、居合わせた店員から、私が着ているドレスについて根掘り葉掘り尋ねられた。

どうやら店員は、私の異世界ファッションがお気に召したようだ。そんな訳で、私の服を見せるのと引き換えに、彩花さんが必要な生地を格安で譲ってもらえるように交渉する。

交渉成立に喜んだ彩花さんは、店員のお姉さんと布選びのため店の奥に入っていった。

ドレスを店員に見せているあいだ、私は売り物の服を試着させてもらう。この国の人々は異国のファッションに興味津々《きょうみしんしん》のようだけど、私はこの国のファッションにこそ興味がある。

という訳で、試着室で着物を試す。

結局、桜色の模様が入った着物と、無地の紬《つむぎ》を使った袴の一式——帯や襦袢《じゅばん》も合わせて購入した。ちなみに、足下は足袋や草履ではなく靴下とブーツである。

こういったファッションを、この国ではハイカラさんスタイルと言うらしい。

この国に来て初めてのお買い物だ。

余談だけど、試着をしているとき、魔封じの手枷を店員に見られ、それもファッションの一部だと間違えられた。鎖がないから、見た目はブレスレットみたいに見えるんだよね。

否定しておいたけど、手枷が原因で腕輪のファッションが流行ったらちょっと気まずい。そんなことを考えていると、生地を購入した彩花さんが戻ってきた。

店員に見送られ、私は彩花さんと一緒に店を後にする。

「お待たせ、レティシア。次はどこに行く？」

「手枷を外したいから、鍵屋さんとかあれば連れて行って欲しいかな」

「あぁ、その手枷？　鍵屋さんで大丈夫？」

「分からないけど、ひとまずは鍵屋さんかな」

故郷なら、魔術ギルドとかにお願いするところだけど、こっちの世界ではどういう店にお願いすればいいか分からない。それでも、鍵屋さんに行けば情報は得られるはずだ。

「じゃあ……こっち。たしか近くに鍵屋さんがあったからついてきて」

彩花さんが歩き始めたので、慌ててその横に並んだ。

そうして鍵屋さんを訪ねるが、魔封じの手枷は外せなかった。それはその店で紹介してもらった次の鍵屋さんでも、その次の鍵屋さんでも同じ結果に終わる。

話を聞いた感じだと、この世界には魔術による鍵を外せる場所はないようだ。

……でも、巫女を召喚する術はあるんだよね？　もしかして、そういった技術は軍部が独占してたりするのかな？　あり得ない話じゃないよね。

故郷でも、技術を独占して有利な立場を得ようとする勢力はいくつもあった。そう考えれば、この国でも似たような動きがある可能性は否定出来ない。

「レティシア、力になれなくてごめんね」

鍵屋さんを回った後、彩花さんが申し訳なさそうな顔をした。

「彩花さんは十分に力になってくれたよ。それに謝るのは私のほうだよ。せっかくの休みなのに、私用に付き合わせちゃってごめんね」

「それを言うなら、私の買い物だって私用じゃない。というか、いつまでさん付けで呼ぶつもり？　私達、友達でしょ？」

「……え、友達？」

予想外の言葉に目を瞬く。

「うわ、なにその反応。もしかして、友達と思ってたのは私だけ？」

「そ、そんなことないよ！　ただ、友達って呼べる相手がいなかったから……」

私にいたのは戦友だけだ。

共に戦えば戦友だし、背中を預けることが出来れば信頼の出来る戦友だ。

でも、友達の条件がそうじゃないことは分かる。彩花さんと仲良くしたいとは思っているけど、彼女を友達と呼んでいいか分からなかったのだ。

「え、嘘っ！　友達いなかったの？　一人も⁉」

信じられないという顔をされる。

彼女の無邪気な問いが私の胸にグサグサ突き刺さった。

「……友達いなくて悪かったわね」

私がちょっぴり涙目で睨むと、彼女は慌てふためいた。

「ち、違うよ？　レティシアは綺麗で優しいから、友達がいないって聞いてびっくりしただけで他意はないよ！　というか、それなら私が友達の第一号ね！」

「……友達？　彩花が、私の？」

「うん、嫌、かしら？」

「うぅん、嬉しい！　ありがとう、彩花！」

それは、私に初めて友達と呼べる存在が出来た瞬間だった。魔封じの手枷は外せなかったけれど、私はいま、元の世界では叶《かな》えられなかった願いの一つを叶えた。

それを実感して胸が高鳴った。

そうして、私は彩花と二人で街を巡る。

あちこち巡っていると、はしゃいでいた彩花の息が上がり始めた。今更ながら、彼女がその胸に大きな紙袋を抱えていることに気付く。

彼女は私が想像してたよりも多くの生地を購入したようだ。

「重そうだね、彩花。持ってあげようか？」

「うぅん、平気。せっかくの買い物だし、自分で持ちたい気分なの。……そういえば、レティシアはなにも買わなかったの？　たしか、試着してたよね？」

「私も着物と袴の一式を買ったよ」

「あれ、そうなの？」

彩花は手ぶらな私を見て首を傾げる。

――と、そんなときだった。

前から歩いてきた小さな男の子が派手に転んだ。

反射的に駆け寄り、男の子の前で地面に片膝をつく。声を掛けようとした私は、起き上がろうと顔を上げた男の子の顔を見て首を傾げた。

どこかで見たことがあるような……あ、分かった。前回、妖魔に襲われていた男の子だ。こんなところで再会するなんて奇遇だね――なんて思いながら男の子に声を掛ける。

「大丈夫？」

「いた、い……膝が痛い、よぅ……」

「擦り剝いちゃったのかな？」

脇の下に手を入れて、男の子をグッと持ち上げた。擦り切れた着物から覗く膝が少しだけ擦り剝けている。その傷みからか、目元には涙が浮かび、その瞳は真っ赤に染まっている。

治療したほうがよさそうだ。

そう思って、虚空に手を伸ばそうとした瞬間、彩花に袖を引かれた。

「待って、レティシア。その子、様子がおかしいわ」

「それは見たら分かるわよ」

「違う、そうじゃなくて、その瞳のことよ！」

「瞳が、どうしたって……っ」

視線を戻した私は息を呑んだ。

男の子の瞳がさっきよりもずっと赤く染まり、妖しく輝いていたからだ。

「痛いっ、頭が、頭が割れるように痛い！　うああああぁぁああぁぁあっ！」

男の子が頭を押さえて悲鳴を上げる。

「これは、まさか――」

「妖魔化よ、逃げてっ！」

私のセリフに被せるように彩花が叫ぶ。

妖魔という言葉に、何事かと注視していた周囲の者達がパニックになった。皆が一斉に逃亡を開始して、道路に飛び出した人を避けようとした車が事故を起こす。

平和な日常が、一瞬で阿鼻叫喚の地獄絵図へと変わる。

私がそれらに気を取られた一瞬、男の子が私の手から逃れて彩花に躍り掛かった。

「きゃあぁぁあぁあっ」

男の子が小さな手を振るうと、彩花が鮮血の花を咲かせた。

「彩花っ！」

心臓が縮み上がるような恐怖を抱いて彩花に駆け寄る。彼女の頰から肩口が鋭利な刃物で斬られたかのように裂け、そこから真っ赤な血が流れている。

「彩花、しっかりして！」

「レティ、シア、後ろ、気を付けて……」

彩花の警告とほぼ同時、男の子が飛び掛かってきた。彼が右腕を振るうが、私は一歩下がって間合いの外へ退避――した瞬間、嫌な予感を覚えて全力で跳び下がる。

逃げ遅れた私の髪の一房がハラリと落ちた。

彼の小さな指の先から、影が鋭い爪のように伸びている。彩花を斬り裂いたのはその爪だろう。瞳を深紅に染め、妖しく輝かせる彼は理性を失っている。

私はこれと同じような現象を何度も見たことがある。体内にある魔石を瘴気に侵された人間が、魔物や魔族に変容するときの初期症状だ。

助けてあげたい。

いまならまだ間に合うはずだから。

でも、いまの私は聖女としての力を封じられている。まずは男の子の意識を奪い、状況を落ち着かせる必要がある。だから——と、私は彼の攻撃に合わせて踏み込んだ。

影の爪を掻《か》い潜《くぐ》り、その鳩尾《みぞおち》に拳を叩き込む。

だが、手加減が過ぎたのか、彼は動きを止めない。私は彼の顎を押し上げる。仰け反った彼が退がろうとした瞬間、その膝裏に足を差し入れて転ばせた。

その背中にのし掛かり、手刀で今度こそ意識を刈り取った。

「妖魔が現れたのはここかっ！」

直後に響いた声に顔を上げれば、そこには雨宮様の姿があった。

「雨宮様、この子に妖魔化の兆候が見られましたが、いまはまだ踏みとどまっています。それと彩花が負傷しています、助けてください！」

「——っ！　紅蓮、レティシアから引き継いでその少年を確保しろ！　アーネストは負傷した娘の容態を確認だ！　他の者は周辺の封鎖と、怪我《けが》人の保護だ。衛生兵を呼んでこい！」

雨宮様の指示の下、同行していた者達が一斉に動き始める。

紅蓮さんも、すぐに私の元に駆け寄ってきた。

「レティシアの嬢ちゃん、代われ！」

「はい。手荒なことはしないでくださいね」

「おうよ、任せとけ」

男の子を紅蓮さんに任せる。

そこに、いつぞやの偉そうな軍人のおじさんが、数人の部下を引き連れて姿を現した。彼は取り押さえられた男の子や、救護されている彩花、それに事故の発生した周囲を見回した。

「ふん、たいした被害でなく幸い、と言ったところか」

吐き捨てるような言葉に、私はピクリと眉を動かした。

男の子が妖魔化の危機に晒され、彩花が大きな怪我を負った。それに加えて、逃げ惑った人々が事故に巻き込まれて負傷している。

それを、たいした被害でなくて、幸い……ですって？

信じられなくて、その言葉の真意を問いただそうと一歩を踏み出す。だけど私が詰め寄るより早く、雨宮様が彼の前に立った。

「高倉隊長殿ではありませんか。あなたのようにお忙しい方がなぜ現場へ？」

「ふん、たまたま近くを通っただけだ。後片付けはちゃんとしておけ。唯一無二の巫女を手に入れた我ら正規軍とは違い、はぐれ第八にはそれくらいしか出来ないのだからな」

ぶん殴りたい。

でも、ここで殴ったら雨宮様の迷惑になるから、後でこっそり闇討ちしようかな？　なんて考えていると、彼は部下を連れて去っていった。

事故で負傷している者達がいるのに、その救護にすら参加するつもりがないらしい。

「……なんなんですか、あれ」

「あれが特務第一大隊の高倉隊長だ。コネで隊長に選ばれたようなものだが、隊長であることに変わりはない。おかげで、あの隊の者はずいぶんと苦労しているようだな」

酷いのは高倉隊長と、その取り巻きである一部の者だけらしい。そういえば、私が召喚に巻き込まれたあの日も、副隊長である井上さんが庇ってくれたような気がする。

「あんな方が隊長だと大変ですね」

「まったくだ。だからこそ、我らが帝国民を守らねばならぬ」

その言葉は、私の胸に響いた。

オルレア神聖王国でもそうだった。あの嫌味な高倉隊長のような酷い人間もいたけれど、民のために命を賭《と》して頑張っていた者達もいた。

雨宮様達も同じく、民のために戦っている。

それなのに、私はいつまでこうしているんだろう……？

「レティシアさん……来てください」

物思いに耽っていると、アーネストくんに呼ばれる。その沈痛な声に驚き、私は急いで彼が看病している彩花の下へと駆け寄った。

「アーネストくん、彩花はどうなったの？」

「思ったより傷が深くて血が止まりません。おそらく、長くは保《も》たないでしょう……」

「……それは、助ける方法がないってこと？」

「はい、残念ですが……」

私はアーネストくんがなにを言っているか理解できなかった。

でも、理解するのは後回しだ。

分からないなら、私が行動すればいい。

「アーネストくん、私が手当てするからそこを代わって！」

「はい？　え、ちょっと！　レティシアさん!?」

戸惑うアーネストくんを押しのけて、彩花を片手で抱き起こす。

多くの血を流したせいか、彼女の顔は酷く青ざめていた。このまま血を止めることが出来なければ、出血で死んでしまうだろう。

「レティシア、寒い……よ。私、死んじゃうの……かな？」

「馬鹿言わないで！　そんなこと、私が絶対に死なせないから！」

いまの私は、ヒールを始めとした治癒魔術は使えない。だけど、すべての能力が封じられている訳じゃない。

魔術関連が使えないだけで、スキルの類いは使用できる。

彼らの前で使うことを躊躇《ためら》っていたけど、彩花の命を見捨てることは出来ない――と、スキルで異空間収納を開き、そこから瓶詰めの回復ポーションを取り出す。

片手で彩花を支えている私は、口でコルクを引き抜いて瓶の中身を彩花の傷口に振りかける。そうして半分ほど残った回復ポーションは彩花の口に流し込んだ。

「飲みなさい！」

「んぐっ。……ん、ん……けほっ、こほっ。……ちょっと、こほっ。レティシア！　なにか飲ませるなら、事前に教えなさいよ！　ごほ、咽《む》せた――じゃない！　……あ、れ？」

咽せつつも、元気いっぱいに抗議する。それから、自分が復調していることに気付いて首を傾げた、彩花の傷はおおむね塞がっている。

傷は治っても、失った血が戻った訳ではないので安静にする必要はあるが、処置が早かったので、出血性のショック状態に陥ることはないだろう。

これで彩花の危険は去った。

次は男の子だ。

ひとまず、意識を失ったことで小康状態を保っている。

でも、妖魔化が魔物化と同じなら、体内にある魔石が瘴気に侵されているはずで、それを浄化しない限り、彼の妖魔化は止まらない。

聖女の術が使えればよかったのだけど、あいにく聖女の術は封じられたままだ。それに、私の魔物化を抑えている魔封じの手枷も予備はない。

なにか方法は――と考えた私は、聖水の存在を思いだした。

聖女である私の魔力を込めた聖水、あれには瘴気を払う力がある。本来の使い方とは異なるのでたいした効果は期待できないけれど、ギリギリのところで踏みとどまっている彼の助けにはなるはずだ。そう判断した私は、異空間収納から取り出した聖水を男の子に飲ませる。

「お願い、踏みとどまって……っ」

妖魔化と魔物化の原因が同じなら、少しは効果があるだろう。後は祈るだけだと汗を拭っていると、背後から雨宮様に肩を掴まれた。

「レティシア、さっきからなにをしている？」

振り返れば、雨宮様を始めとした面々がなにか言いたげな顔をしていた。それを見た私は、自分がもはや言い逃れできないところまで踏み込んでしまったのだと理解する。

不器用に笑うしかない私を見て、雨宮様が自分の頭をガシガシと掻いた。

「アーネスト！　ひとまず、一連の出来事に対して箝口令《かんこうれい》を敷け！」

「は、はいっ、分かりました！」

アーネストくんが、他の隊員の下に走って行く。

それを見届けた雨宮様が私に視線を戻した。

「確認させて欲しい。彼女の傷は治ったのか？」

「完治した訳ではありませんが、傷は塞がりました」

困惑している彩花を横目にしながら、私は雨宮様に答える。

「……そうか。なにがどうなっているかは後で聞くとして。周囲には他にも怪我人がいるようだ。彼女を癒やした薬は、まだ残っているか？」

迷ったのは一瞬、私はこくりと頷《うなず》いた。

「瓶詰めのポーションはありませんが、樽《たる》が一つあります」

「……樽、だと？」

「はい、樽です」

異空間に収納しているポーションの樽を取り出し、彼の隣にドンと置いた。

雨宮様はその樽をまえに——とても頭が痛そうな顔をした。

7

騒ぎが収拾した後、私は真っ先に彩花が運び込まれた軍施設の医療棟を訪ねた。

ポーションの効果で一命を取り留めた彩花だけど、あのポーションは失われた血や体力までは取り戻せない。彼女は安静にする必要があり、いまは病室のベッドで横になっている。

「レティシア、いらっしゃい」

私に気付いた彩花がベッドの上で上半身を起こす。

「彩花、寝てなくて大丈夫なの？」

「うん、レティシアの薬のおかげだね。まだ身体は少し怠いけど、部屋の中を動き回る程度なら大丈夫だって言われてるの」

彩花は笑うが、彼女の頬から肩口に掛けて痛ましい傷痕が残ってしまっている。ポーションの効果では、傷痕を完全に消すには至らなかったようだ。

月日が経《た》てば薄くなるはずだけど、完全に消えるかどうかは微妙なところだ。そんな想いで傷痕を見ていると、その視線に気付いた彩花が「あぁこれ？」と苦笑いを浮かべる。

「うん。傷痕、残っちゃったね」

「仕方ないよ。命が助かっただけでも奇跡みたいなものだったでしょ？　それに、ほら。こうして髪を下ろしていたら傷痕は目立たないから」

黒髪で傷痕を隠した彩花は儚げに笑った。

長い髪を下ろしていれば傷痕は目立たないのは事実だ。けれど、それで綺麗に隠れる訳でもない。なにより、彼女はショートヘアに憧れていた。

なのに大丈夫と笑う、彼女の栗《くり》色の瞳には悲しみが滲んでいる。それは見ているこっちが悲しくなるような微笑《ほほえ》みで、私は無力な自分を恨めしく思った。

彼女の傷を消してあげたい。

聖女の術を使えば、彼女の傷痕なんて一瞬で消し去ってしまえるのだ。だから、まずは手枷を外す方法と、自分の魔石を侵している瘴気を払う方法を探そう。

「レティシア、レティシアってば」

「え、あ、ごめん。……なに？」

物思いに耽っていた私は彩花の声で我に返る。

「レティシアのドレス、今のうちに作ろうかな。レティシアのファッションなら、ロングヘアでもオシャレだと思うのよね」

「……彩花。そうだね、きっと彩花に似合うと思うよ」

「でしょ？　だから、作るのを手伝ってね」

「うん、もちろん！」

私のほうが励まされている。でも、きっと、彩花の気分転換にもなるだろう。そう思ったから、私は魔封じの手枷を外す方法を探す傍《かたわ》ら、全力でドレスの型紙作りに協力することにした。


それからほどなくして、私は特務第八大隊の司令室に呼び出された。

司令室にあるローテーブルを挟んだソファ席。向こう側には雨宮様と笹木大佐様、私の両隣には紅蓮さんとアーネストくんが座っている。

なんだが、とっても包囲されている気分。

最近多いよね、この状況。

でも、今回は仕方ない。

そう思っていたら雨宮様が口を開いた。

「レティシア。おまえがなぜここに呼ばれたのかは分かっているな？」

「……ええ、分かっているつもりです。異空間収納のことですよね？」

「異空間収納？　あの虚空から物を取り出した能力か？」

「はい。その能力です」

あれは聖女の術とは違うけれど、比較的レアなスキルには違いない。私が異空間収納を使えることを知られれば、ある程度の騒動になるのは覚悟していた。

だけど雨宮様は「それもあるが、最初に聞きたいのはあの薬のことだ」と言った。

「回復ポーションがどうかしたんですか？」

「回復ポーションと言うのか、あれは」

「はい、そうですけど……もしかして、この国にはないのですか？」

「傷が一瞬で治るような薬などあってたまるか」

なんと、この国にポーションの類いは存在しないらしい。彩花の怪我を見たときに、アーネストくんが手遅れだと判断したのも道理である。

「でも、その……巫女様は傷を癒やすことも出来るのですよね？」

「だからこそ、巫女という存在は特別なんだ」

私の問いに笹木大佐様が答えた。

どうやらこの世界、傷を一瞬で治すような力があるのは巫女だけのようだ。みんなの反応がおかしいとは思っていたけど、ポーションの類いすらないとは思っていなかった。

それなら、回復ポーションに驚くのも無理はない。

「ところでレティシア嬢、その回復ポーションとやらは、キミの元いた世界の物なのか？」

笹木大佐様が質問を投げかけてくる。

「はい。それなりに値は張りますが、手に入れられない物ではありませんでした」

「なるほど。つまりキミがポーションについて黙っていたのは、この国でも回復ポーションが一般的な物だと思っていたから、という訳だね？」

「……そうですね。まったく同じ物はなくても、似たような物はあると思っていました」

聖女であることなど、秘密にしていることは多いけど、ポーションの存在は秘密にするべきことだとすら認識していなかった。

黙っていたのは単に、異空間収納の存在を隠していたかったからだ。

というか、聖女と似た力を持つ巫女がいて、遠く離れた場所にいる人を召喚することすら出来る技術を持つ、オルレア神聖王国よりずっとずっと発展した国。

それほど優れた国が、回復ポーションの一つも作れないなんて誰が予想するだろう。

「ふむ。ではもう一つの質問だ。そのポーションの入った樽を出した、異空間収納と言ったか？　それは一体どんな能力なんだね？　差し支えなければ、見せてくれないか？」

「はい、分かりました」

彩花のためにポーションを取り出した時点で隠すことは諦めている。私は虚空に手を突っ込んで、そこから紅茶で満たされた人数分のティーカップを取り出した。

それをテーブルの上に並べていくと、笹木大佐様が驚きの声を上げた。

「これは……このまま収納していた、という訳かい？」

「はい、よろしければどうぞ。淹れたてですよ」

「淹れたて？　それは、どういうことだい？」

「異空間の中に時間の概念はないんです。ですから、淹れたての紅茶をしまっておけば、取り出した瞬間も淹れたてのまま、という訳です」

「それは、なんとまぁ……」

笹木大佐様がどこか呆《あき》れたような顔をする。

異空間収納に興味津々といった面持ちだけれど、紅茶に口を付ける素振りはない。得体の知れないものとして、警戒されているのかもしれない。

そのとき、雨宮様がおもむろにティーカップを口に運んだ。

「……ほう、香りからもしやと思ったが、想像以上に上品な味わいだ。レティシア、これはおまえの故郷の紅茶なのか？」

「はい。紅茶を嗜《たしな》むのは、自由のない私にとって数少ない趣味の一つだったんです。……気に入っていただけましたか？」

「ああ、悪くない」

雨宮様はもう一口飲んでから、ほうっと色気のある吐息をついた。それを見たアーネストくんや紅蓮さんが口を付け、最後に笹木大佐様も紅茶を飲み始めた。

気に入ってくれたのか、彼らはしばらく無言で紅茶を楽しんだ。私もそれに倣《なら》って紅茶を口にする。慣れ親しんだ味が、私の気持ちを落ち着かせた。

ほどなく、紅茶を飲み終わった雨宮様がティーカップをテーブルの上に戻す。

「これで分かった。おまえの着ている服も異空間収納から取り出したものだな？」

「はい、その通りです」

この国で買いそろえたものだと誤認させていたのだけど、ついにバレてしまった。とはいえ、もはや隠す必要もなくなったので素直に白状する。

余談だけど、私は魔王や魔物を討伐したり、瘴気に侵された土地を浄化するために各地を転々としていたこともあり、所持品の多くを異空間収納にしまっている。

私の身の回り品の大半は異空間収納の中だ。

それよりも——と、私は紅茶を飲み干し、笹木大佐様に向かって問い掛ける。

「あの、私からも一つうかがってよろしいですか？　あの男の子はどうなりましたか？」

「あぁ、彼なら拘束中だ。幸いなことに、いまは正気を取り戻しているようだな」

「そうですか。聖水の効果があったのかもしれませんね」

あの状態から自力で正気に戻る可能性は低い。いま容態が安定しているというのなら、おそらくは聖水の効果があったのだろう。男の子が助かってよかったと安堵する。

そんな私を、笹木大佐様は不思議そうな顔で見た。

「まさか、キミがなにかしたのかね？」

「聖水を飲ませました。妖魔化の抑止に効果があるかは疑問だったんですが、いま容態が安定しているというのなら、おそらくは効果があったものと思われます」

「妖魔化を抑える薬を持っているのか⁉」

笹木大佐様だけでなく、他の面々も驚きの声を上げた。

「似た症状に効果があるだけで、妖魔化にも効果があるという確証はありません。あったとしてもわずかな効果だけで、妖魔化が始まる前かその瞬間に飲まなければ意味がないと思います」

ちなみに、私の魔石を浄化することも理論上は可能だ。けれど聖水の存在を思いだした後、試しに一本飲んでみたのだけど、焼け石に水でまったく効果は感じられなかった。

在庫も少ないので、それ以来は飲んでいない。

「それでも、キミは効果があったと思っているのだな？」

こくりと頷けば、笹木大佐様はものすごく真剣な顔で私を見た。

「レティシア嬢、キミに折り入って相談があるんだが、聞いてくれるかね？」

「なんでしょう？」

なんの話か予想できなかった訳じゃない。それでも、相手の出方をうかがうためにとぼけて見せた。笹木大佐様は「話というのは他でもない」とストレートに切り出した。

「あの樽に残ったポーションと、可能なら聖水も譲ってもらいたい。厚かましいお願いだということは重々理解しているが、どうか聞き届けてもらえないだろうか？」

「かまいませんよ」

「……かまわないのかい？」

笹木大佐様はものすごく意外そうな顔をする。

「もちろん、条件はあります。一つ目は、私の能力をみだりに口外しないこと。私が異空間収納の力を持つことはこの部隊だけの秘密にしておいてください」

「異空間収納を秘密に、か。しかし、聖水はともかく、回復ポーションの存在は既に一般人にも知られてしまっている。隠し通すのは難しいと思うのだが……」

「それに関しては考えがあります」

私はそう言って異空間収納から回復ポーションの原料である薬草を取り出した。

「これは回復ポーションの原料です。これを栽培すれば、回復ポーションを量産することが可能なので、それで上手く誤魔化してください」

私が樽に入った回復ポーションを異世界から持ち込んだ事実を明かせば、必然的に異空間収納の存在が明るみに出る。でも、私が薬草を一つ持ち込んで、それを栽培して回復ポーションを量産したことにすれば、あのとき異空間収納を見た人間を口止めするだけで事足りる。

「なるほど、それならばたしかに誤魔化すことは出来るだろう」

「はい。ただ、問題が一つあります。私が提供した回復ポーションは、この薬草の他にもいくつかの材料を使っているので、薬草のみで作ったポーションは回復量で劣ります」

「なるほど。ちなみに、その他の材料というのは……」

「魔石と聖水ですね。いくつか在庫があるので提供してもかまいませんが、この世界に代用品があるかは不明です」

技術や素材は提供するが、同じポーションを量産できるかは分からないと釘《くぎ》を刺しておく。

笹木大佐様は少し考える素振りを見せた後、分かったと頷いた。

「それで、キミの二つ目の要求はなんだい？」

「二つ目は巫女と接触する機会が欲しい、ということです」

「巫女、か……」

私の要求に、笹木大佐様は難しい顔をした。

「……巫女と会うのは難しいのですか？」

「巫女は特務第一大隊が押さえているからな。あいつらは我ら特務第八大隊の者と巫女が接触しないようにしている。簡単には面会の許可を得られないはずだ」

私は人差し指を頬に添え、なるほど――と口を開く。

「決してすぐに必要な訳ではありません。ポーションの量産化が可能となった後に、回復量の多いポーションの開発を口実にするなど、そういう感じでいかがですか？」

「……なるほど、それならばなんとかなるだろう」

「ではそれでお願いします」

手枷を外した場合、私は再び魔物化の危機に晒されることとなる。彩花の怪我を治した後、再び手枷を付けるという方法もあるけれど、瘴気を払うことも視野に入れておきたい。

「では三つ目、最後のお願いですが――」

私は袖を捲って、魔封じの手枷が笹木大佐様に見えるように手を掲げた。

「それは……腕輪かな？」

「正確には手枷の一種です。これを、破壊せずに外していただきたいのです」

「……ほう、それが手枷なのか？」

「はい。ですが、詳細については聞かないでください」

魔封じの手枷であるという事実を明かせば、私が魔術を使えることが明らかになる。そうすれば最悪、巫女と同質の力を持つと認識される可能性が高い。

とはいえ、その秘密もいつかバレるかもしれないと思ってる。

出来れば隠しておきたいけれど、絶対に隠しておきたい事実ではない。ここで絶対に隠しておきたいのは、手枷を破壊できない理由のほうだ。

緊急時に力を使うためには魔封じの手枷を外す必要がある。だけど魔封じの手枷を破壊してしまったら、私の魔物化を抑える手段がなくなってしまう。だから、魔封じの手枷は破壊せず、いつでも外せる手段を確保する必要があるのだ。

――なんて、私が魔物化、彼らにとってはおそらく妖魔化しかかっている事実を明かせば、いままで通りに接してもらえるとは思えない。

だから、手枷の詳細については秘密にしなければならない。

「……いかがですか？」

自分勝手な要望を突き付けている自覚はあるけれど、相応の対価を提示している。取り引きに応じてくれるかと問い掛ければ、笹木大佐様は「いいだろう」と頷いた。

「情報の統制はもとより予定していた。巫女との接触についても問題はない。問題は手枷についてだが、キミが我々にお願いするくらいだ。簡単に外せる物ではないのだろう？」

「そうですね。帝都の鍵屋さんには無理だと言われました」

「……なるほど。では、特務第八大隊の開発局に依頼し、その枷を外せるように全力を尽くさせると約束する。それでどうだろう？」

「かまいません。必ず外すと安請け合いされるより信用できますから」

「では、交渉は成立だな」

こうして、私は特務第八大隊に協力する道を選んだ。

私が最初に望んだ、戦いとは縁のない平和な暮らしとはほど遠い。だけど、それでもかまわない。私が本当に望んだのは、自分が思うまま、自由に生きることだから。

エピソード2

元聖女の新しい日常

1

窓辺から差し込む朝日を浴びた私はベッドの上で目覚めた。寝ぼけ眼を擦《こす》りながら共用の洗面所へと足を運び、歯を磨いて顔を洗う。

正面には大きな鏡があり、蛇口を捻れば綺麗な水が流れ出てくる。これだけの設備を女中に用意する国が、ポーションすら創れないなんて信じられない。一体、どんな発展の仕方をしたら、こんなに不思議な状況になるんだろう？

この国の歪《いびつ》な発展状況に首を傾げながら、異空間収納から取り出した服に着替える。

選んだのは、淡いブルーに染め上げたAラインのワンピース。刺繍が施されたそれは丈が少し短めで、絨毯《じゅうたん》が敷かれていない場所を歩いても汚れることのない外出用だ。

そのワンピースを身に纏い、特務第八大隊の開発局に足を運ぶ。魔封じの手枷を外してもらうことと引き換えに、ポーションの開発などについて協力することを約束したから。

余談だけど、特務第八大隊の開発局は、本部や宿舎に併設された建物の中にある。その建物に軍部で発行してもらった身分証を使って足を踏み入れた。

「迎えが参りますので、少しそこでお待ちください」

受付の指示に従って待機。ぼんやりと施設内を眺めていると、通りかかった施設の人々がチラ見してくる。おそらく、私の異世界ファッションが原因だろう。

異国の人間が珍しくない特務第八大隊においても、私の私服は珍しいようだ。

「やぁ、また会いましたね」

私に声を掛けてくる者が現れた。

「あら、貴方はたしか……水瀬さんでしたね」

いつか、廊下の窓枠に腰掛けていた気怠げな青年だ。

今日もスタンドカラーシャツの上に着物、それに袴とブーツという書生スタイルで、右腕を袖の中に引っ込めて、着物の合わせ目の下に差し入れて佇んでいる。

「ふふっ。名前を覚えてくれていたとは光栄ですね。異世界からやってきたお嬢さん」

「どうぞ、私のことはレティシアとお呼びください」

「これはご丁寧に。だけど、素性の分からぬ相手に名乗るのは、少しばかり不用心ではありませんか？　僕のことを怪しいとは思わないのですか？」

咎《とが》めるというよりも、試すような口調。その黒い瞳が好奇心で輝いているし、私がどこまで気付いているか知りたいのだろう。

まるで、ちょっぴりイジワルで賢い――子供みたいだ。

「貴方は特務第八大隊のお方なのでしょう？　でなければ、怪しげな貴方が特務第八大隊の施設内を闊歩《かっぽ》して、誰にも咎められないのは不自然ですから」

「キミは、いろいろと考えているようですね」

「……キミは？　もしや、巫女様にもお会いしたのですか？」

誰かと比べられるような口調から、比較の対象は似た境遇の巫女だろうと当たりを付けた。

その予想は当たっていたようで、彼は無邪気な笑みを見せた。

「いいですね、とてもいい。開発局に出向を命じられたときは、師匠に面倒な仕事を押し付けられたと思っていましたが、キミとの話は実に有意義なものになりそうです」

「師匠、ですか？」

「ええ、僕の師匠は山城《やましろ》吉《きち》左《ざ》衛門《えもん》と言います。天才科学者ではあるんですが、軍部に技術協力を要請され、断るのが面倒だからと僕に押し付けた鬼畜ですよ」

彼の口から紡がれた悪口はけれど、師に対する尊敬の念が滲んでいた。というか、僕も自分の研究がしたかったのにと、心の声が聞こえてきそうな表情である。

出会ったときの気怠げな表情とは真逆。

その師匠とやらと同様に、彼も研究に対して並々ならぬ情熱を抱いているのだろう。

「貴方の師は、貴方になら任せられると思ったのではありませんか？」

ふと思い浮かんだことが口をついた。それは彼にとって、思ってもいなかったことだったのだろう。彼は袖の中から腕を出し、指を顎に添えた。

「……まさか、あの師匠が、僕にそんなことを？」

「ないと思うのですか？　私はその師匠のことを存じませんが、自分の代理を技量の足りていない者に任せようとはしないと思いますよ」

「なるほど。もしそうだとしたら悪い気はしませんね。ふふ、キミの些細《ささい》な一言でこんな気持ちになるなんて……キミに感謝しなくてはいけませんね」

「いいえ、気にしないでください。それよりも――」

話を本題に戻して欲しいと視線で訴えかける。

水瀬さんはすぐにはっという顔をした。

「失礼しました。話がずれましたね。さっそくですが、研究室に案内いたします。ぜひ、僕に異世界の技術を伝授してください」

そう言って軽い足取りで歩き出す。私は彼の背中を慌てて追いかけた。


「――という訳で、あらためて。ようこそ、特務第八大隊の開発局へ」

連れてこられたのは大きな研究室だった。

私が思い浮かべる研究室は、魔石や紋様が刻まれた魔導具が転がっているイメージだけど、その研究室は私のイメージと大きく異なっていた。

よく分からない計器の数々。白衣を纏う職員達が、計器の付いた機械に向かってなにかを話し合っている。そのうちの一人がこちらに気付き、手を止めて近付いてくる。

「水瀬局長、もしや彼女が噂《うわさ》のお嬢さんですか？」

「ええ。巫女召喚に巻き込まれたという、レティシア嬢ですよ」

「おぉ、やはり……っ」

そのやりとりを切っ掛けに、職員達の視線が一斉に私に向けられた。聖女として注目されることに慣れている私は「レティシアと申します」とカーテシーで応じる。

それから私は、水瀬さんに「局長なのですか？」と問い掛けた。

「おや、言っていませんでしたか？　局長として派遣されてきたのですよ」

「では、ここで特務第八大隊の兵装を開発しているのですか？」

「開発だけでなく、製作も請け負っていますよ。この建物すべてが開発局のものですから」

どうやら、様々な工房が建物内に入っているらしい。

魔封じの手枷を外してもらうためにも、工房を見てみたいと思ったのだけど、水瀬さんがわくわくといった面持ちでこちらを見ているので、先にそちらの用事を済ませることにした。

「さっそく、薬草をお渡ししましょうか？」

「ええ、ぜひっ！」

手をぎゅっと握られた。ものすごい食いつきである。

というか、顔が近い、顔が近いよ！

「さあさあ、薬草を出してください」

「いえ、あの……手を握られていると、出せないのですが？」

「おっと、これは失礼しました」

彼はぱっと手を離すが、詰め寄った距離は空けるつもりがないらしい。特務第八大隊には美形が多いけど、その分変わり者も多いかもしれない。

というか、彼らの前で異空間収納を使うのは憚《はばか》られる。と水瀬さんを見ると、彼は私の心を読んだかのように「大丈夫ですよ、ここにいる者達は口が堅いですから」と言った。

秘密を知る人は少ないほうがいいんだけど……でも、彼らにポーションの出処《でどころ》を偽装してもらう上で、異空間収納の存在を隠し通すのは不可能かな。

仕方ないと苦笑いを浮かべつつ、私は異空間に手を差し入れた。

刹那、周囲がざわめき、そして――

「ふむ、僕の手は入りませんね」

異空間に突っ込んだ私の手を追って、水瀬さんが手を差し出していた。

私はその行動に思わず目を丸くする。

「えっと……なにをしているんですか？」

「いやぁ、異空間収納というものに興味がありまして」

「気持ちは分かりますが……危ないですよ？」

異空間収納にはいくつかの制約があり、彼の手が異空間に入ることはない。でも、もしも彼の手が入って、そのまま私が異空間を閉じた場合、彼の手は切断されることになるだろう。

そう伝えると、彼は思案顔になった。

「それは、なんとも興味深い現象ですね」

「……ええっと」

自分の腕が切断されるかもしれない現象を、興味深いで済ませていいのかな？　よくないですよね？　と周囲に意見を求めるが、他の職員達も興味津々である。

私はちょっぴり顔が引き攣《つ》るのを自覚しながら、異空間収納から薬草の束を取り出した。

「これが回復ポーションに必要な薬草です」

「うぉぉおぉ、本当に虚空から薬草が！」「素晴らしい技術だ！」「ぜひ、その技術を解明したい！」「無線機を入れたらどうなるんだ⁉」「むしろ中に入ってみたい！」

……マッドサイエンティスト、マッドサイエンティストの集団だよ。

取り出した薬草よりも、異空間収納のほうに感心されている。元の世界でも、異空間収納を羨ましがったり、珍しがったりする者は多かったけど、ここまでの反応をする者はいなかった。

中に入ろうなんて発想、普通は怖くて出来ないよ。

取り敢《あ》えず、生きた人間は中に入ることが出来ない。そう説明して職員達を落ち着かせ、まずは薬草についての話を進めて欲しいと促した。

それで彼らはようやく我に返った。

「そうだった、薬草だ」

「これが異世界の植物か？」

「見た目はこの世界の植物と変わらんな」

「局長、一株、成分の調査に使ってもよろしいですか⁉」

薬草についても同じような反応で、やっぱり話が進まなかった。

2

引き続き、私は研究者達から質問攻めに遭っていた。

異空間収納についてはもちろん、薬草のあれこれや、その薬草で作られる回復ポーションの効能。果ては、私という人間と、この世界の人間の差異にまで言及された。

ちなみに、彼らの質問に答えた範囲では、私と彼らは同じ種族のようだ。でも、研究のためといって髪の毛を抜こうとするのは止めて欲しい。私はモルモットじゃないんだよ。

とか思っていたら、水瀬さんが止めてくれた。

意外と、まともな部分もあるんだね。

「レティシア嬢、部下が大変失礼をいたしました。今後、無断で髪を抜くような真似《まね》はさせません。ですから、お時間のあるときに採血させてください」

……無断で髪を抜くような真似をしない常識は持ち合わせていても、礼儀を尽くした上で採血する欲求までは止められないみたい。私は返事をはぐらかしつつ、薬草を植えるよう促した。彼の部下がその言葉に従って、プランターに薬草を植えていく。

だけど、彼らは受け取った薬草の半分ほどを植えた時点で作業を終えてしまった。

「水瀬さん、残りの株は植えないのですか？」

「一度に植えて、枯らしてしまっては大変ですから。お手数ではありますが、残りはレティシア嬢の異空間収納にしまっておいていただけますか？」

「一度に植えないほうがいいという判断には同意しますが、お渡ししたのは一部ですよ？」

「……はい？」

水瀬さんがコテンと首を傾けた。

「栽培していた薬草を丸々放り込んでありますから」

新たに取り出した薬草の束をテーブルの上に積み上げてみせる。

次の瞬間、私は水瀬さんに両手を握られた。

「レティシア嬢――キミが欲しい」

「はいっ!?」

顔が近い。キラキラとした彼の瞳の中に、慌てる私の顔が映り込んでいる。それが認識できるほどに顔が近い。私は思わず視線を泳がせて――

「まさか、それだけの薬草を収納出来るとは。どうなっているんですか、異空間収納。欲しい、キミのすべてが欲しいんです。ぜひ、僕の研究対象になってください」

「――全力でお断りさせていただきますっ」

ぺいっと彼の手を振り払った。

「残念です。でも、諦めませんよ」

め、めげないなぁ……

というか、最初のミステリアスな雰囲気はどこへ行ってしまったんだろう。

「それにしても、どうしてそんなに異世界関連に興味を抱くんですか？　この世界にもたくさん、不思議なものがあるではありませんか」

電灯に自動車など、私の暮らしていた世界にはなかった技術だ。しかも、それらはいま現在も、めざましい進歩を遂げている最中だという。

異空間収納などにこだわらずとも、彼が研究する対象は多くあるはずだ。

「たしかにその通りですね。ですが僕はここの局長ですから」

「……どういうことですか？」

「僕は師匠に派遣され、請《こ》われるままに研究をしていました。ですがそれは、僕が望む研究ではない。それゆえに僕は、非常に残念に思っていたのですよ。でも、そこにキミが現れた」

彼にとっての私は、研究のしがいがあって、なおかつ、いくら研究しても上層部から怒られることのない、最高の研究材料、ということのようだ。

「事情は分かりましたが諦めてください」

「そこをなんとか」

「ダメです。それに、いまは薬草があるでしょう？　ご覧のように在庫は十分なので、お渡しした分は遠慮なく実験に使用してください」

そう言って、後から出した薬草を異空間収納にしまう。

「ふむ。ではお言葉に甘えて。みなさん、残りの薬草を使って、成分の研究を」

「お任せください、水瀬局長！」

職員が薬草を持って散っていく。

それを見届け、私は水瀬さんへと視線を戻した。最初に見たときは、気怠げな青年だと思ったのだけど、いまは所長としてキビキビと動いている。研究に関わると、人が変わるタイプなのかな？　そんなことを考えていると、水瀬さんが私に向き直った。

「さっそくですが、回復ポーションの作り方を教えていただけますか？」

「作り方は簡単です。その薬草を刻んで煮詰めてください。そうして出来た液体を服用、あるいは患部に塗っていただければ、多少の傷ならすぐに治ります」

故郷にあった、民間で愛用されている傷薬だ。彩花が受けたような大怪我を一瞬で癒やす力はないけれど、それでも半分、あるいは三分の一くらいの効果は期待できる。

「なるほど……単体で薬効があるのですね。ですが、キミの持ち込んだ回復ポーションは、それを遥《はる》かに凌駕《りょうが》する効果があるのですよね。どうやって作るのですか？」

「教えてもかまいませんが、他の材料は栽培できる類いのモノではありませんよ？」

「かまいません。代用できる材料があるかもしれませんから」

代用品か……

実のところ、代用品には心当たりがあるんだよね。でもって、それらが代用品となるかどうかを確認することは、私の魔石を蝕んでいる瘴気を浄化する方法を見つけることに繋がる。

その確認を彼らがやってくれるというのなら、断る理由はとくにない。

「分かりました。本来の回復ポーションに必要な材料をお見せします」

そう言って異空間収納から取り出したのは、私が作った聖水と、魔物から得た魔石だ。

「これは……なんですか？」

「聖水と魔石です。聖水は破邪の効果がある水で、魔石は魔力を持つ動物、とくに魔物――そうですね、この世界で言うところの、妖魔のような存在から得られる魔力の源です」

巫女に破邪の力があるというならば、聖水と似た効果のある水を作り出すことが出来るはずだ。そして、魔物と妖魔が同質の存在ならば、妖魔から魔石を得られるはずだ。

この二つを証明できれば、巫女が妖魔化を抑えられる可能性が高い。そしてそれはつまり、巫女が私の魔物化を止めることが出来るという証明にもなる。

現時点ではただの希望的観測でしかない。

それでも、私が抱える魔物化の原因を取り除く唯一の希望なのだ。

「……破邪の効果がある水と、妖魔のような存在から得られる石、ですか」

私の思惑通り、水瀬さんはその部分に引っかかってくれたようだ。そして彼は私の思惑を超えて、袂《たもと》から禍々しい石を取り出した。

テーブルの上に置かれたそれは、私が置いた魔石とよく似ている。

「これは……もしや？」

「はい。妖魔の体内から得られた石――我々は妖石《ようせき》と呼んでいます」

やっぱりだ！

妖魔と魔物は同じような原理で生まれている可能性が高い。

「水瀬さん、一つ教えてください。巫女様は、妖魔に対抗するために招かれた救世主なのですよね？　つまり彼女には、妖魔化を止めることが出来るのですか？」

「……いいえ、残念ですが、いまの巫女殿にその力はありません」

一瞬「そんなっ！」と声を荒らげそうになる。

でも、水瀬さんが〝いまの〟とわざわざ口にしたことに気付いて口を閉じた。彼のようなタイプが、言葉選びを誤るとは思えない。

だとすれば――

「本来なら可能なはず……ということですか？」

「僕も詳しくは知りませんが、伝承にある巫女にはそのような力が備わっていたそうです。ですが、いまの巫女殿は軽い治癒が出来るようになったばかりだと聞いています」

経験が足りていない。聖女で言うところの、見習いのような状態なのだろう。邪を払う力がないのは予想外だけど、私の望みを絶つ事実ではなさそう。

いや、むしろ希望が沸いてきた。

伝承にある巫女に可能なら、あの女の子もいつか破邪の力を得ることが出来るはずだ。そして聖女の私なら、あの女の子にアドバイスをすることが出来る。

協力と引き換えに、瘴気を払ってもらうという約束を取り付けることだって出来る。

……うん、魔石の瘴気を払う希望が沸いてきた。

そうなると問題になってくるのは、魔封じの手枷を外す方法だ。

「水瀬さん、薬草の対価としてお願いしている件ですが……」

「もちろんうかがっていますよ。なんでも、手枷を外して欲しいとか？」

「ええ。この手枷なんですが、外せそうですか？」

ワンピースの袖を捲って、魔封じの手枷を見せる。彼は「少し見せていただきますね」と言って腕を取り、魔封じの手枷を観察し始めた。

「これが手枷……ですか？　たしかに重さはありますが、鎖の類いはないのですね」

「ええっと、少し訳ありでして。その辺りは追求しないでいただけると助かります」

「はい、うかがっています。ちなみに、解錠も試したのですよね？」

「帝都の鍵屋さんでは匙《さじ》を投げられました」

「なるほど……少し待ってくださいね」

水瀬さんはそう言うと、机の上にある箱に向かって話し始めた。ほどなく、箱から返事が聞こえてくる。どうやら、誰かを呼んでいるようだ。

「お待たせしました。……と、レティシア嬢、どうかしましたか？」

「いえ、その、いまのは？」

「あぁこれですか？　無線機という道具で、離れた場所にいる人と話すことが出来ます。一応言っておきますが、箱の中に小人がいる訳ではありませんよ？」

水瀬さんは茶目っ気たっぷりに言い放った。つまり、電球や自動車と同種の、科学によって生み出された道具の類いで、精霊が入っている訳ではないらしい。

科学の力でなにがどれくらい出来るのか気になるところである。

「離れたところとおっしゃいましたが、どれくらい遠くまで話せるのですか？」

「そうですね。詳しいことは軍の機密なので教えられませんが、その気になれば地平線のずっと先まで届くとだけ言っておきましょう」

「地平線のずっと先？　魔力も使わず、そんなに遠くの人と話せるなんてすごいですね。水瀬さんは魔術に興味津々のようですが、私は科学のほうが魔術よりすごいと思います」

「ふむ。隣の芝は青く見えるのかもしれませんね」

「そうかもしれませんね」

私が科学に可能性を見出したように、水瀬さんは魔術に可能性を見出しているのだろう。もしかしたら、私が思い付かないような魔術の使い方を見つけてくれるかもしれない。

「さて、担当が来る前に、一つお願いがあるのですが……」

と、水瀬さんが視線を向けたのは、私がさきほど取り出した聖水と魔石だった。その話を予想していた私は「サンプルとして欲しい、という訳ですね？」と問い掛けた。

「お見通しですか。異空間収納を秘密にする以上、おおっぴらにすることは出来ませんが、この施設で研究することは出来ます。どうか、提供していただけないでしょうか？」

「そうですね……」

自分でいつでも作れる物だったがゆえに、聖水の在庫はほとんど残っていない。

私の魔石を浄化することの出来る薬でもあるけれど、私が残りの聖水を全部飲み干したとしても焼け石に水だ。であるならば彼らに託し、新たな道を模索したほうが希望がある。

「分かりました。そこにある分はサンプルとして差し上げます。だからどうか、巫女様がそれと同じ水を作ることが出来るかどうか探りを入れてみてください」

私は聖水を、水瀬さんに託すことを選んだ。

「ありがとうございます。必ず研究に役立てると約束します。……と、来たようですね」

ノックの音が響き、ツンツン頭の栗毛の青年が姿を現した。

研究所にいるのなら、職員だと思うのだけど……身に纏うのは大きく着崩して胸元が開かれたシャツに、すり減ったズボン。それに白衣というスタイルで、肌は小麦色に焼けている。

紅蓮さんがわんぱくそうなら、こっちは野性味のある美青年だ。格好いいとは思うけど、研究所の職員にはあんまり見えない。そんな彼が、迷惑そうに水瀬さんを睨みつけた。

「蒼二の兄貴、俺はいま、無線機の小型化の研究で忙しいって言ったよな？」

「こっちが先です。あと、ここでは局長と呼ぶようにと言っているでしょう？」

「へいへい、分かったよ局長。それで、俺に一体なんの用だ？」

「彼女の手枷を外してください。解錠は可能ですか？」

「……手枷だぁ？　少し見せてもらうぜ」

私の横に立つと、私の手首ごと枷を持ち上げ――軽く目を見張った。

「なるほど。鎖もないのになにが手枷かと思ったが……たしかに手枷だな。嬢ちゃん、こんなに重い枷を付けたままで、大変だっただろう？」

「ええ、まぁ……それなりには」

どうやら、重り的な意味での枷だと誤解してくれたようだ。私としても、魔封じの手枷であることは隠したいので、その誤解をあえて訂正せずに受け入れる。

「このままじゃ見難《みにく》いな。ちょっとこっちに来てくれ」

彼の提案で部屋を移動することになった。移動先はいかにもな研究室で、私は言われるがままリクライニングシートに身を預ける。すると、左右の腕をそれぞれ、水瀬さんとツンツン頭のお兄さんが持ち上げて、興味深げに観察を始めた。

リクライニングシートに身を預け、両手をそれぞれ持ち上げられて、万歳しているいまの私、なんかすごく間抜けな感じがする。

「……ところで、あなたは？」

「俺は水瀬《みなせ》宇之吉《うのきち》。蒼二兄貴の弟で、ここの技術屋をやっている。そういう嬢ちゃんは何者だ？　どうして、こんな手枷を嵌められている？」

ツンツン頭のお兄さんは水瀬さんの弟らしい。雰囲気はまったく似ていない……いや、よく見ると目元とかが似ているかもしれない。

そんなことを考えながら名乗り返し、ちょっと訳ありだと言葉を濁した。どこまで事情を知っているか分からなくて、どこまで説明していいかも分からなかったからだ。

だけど――

「もしかして、異世界から来た娘か？」

宇之吉さんは私のことを知っていた。

「ご存じでしたか」

「巫女召喚の儀は噂になってたからな。まさか、本当に人間を召喚するなんて思ってもみなかったが……なぁ嬢ちゃん、召喚されたとき、一体どんな感覚だった？」

興味津々といった面持ち。やっぱり彼は水瀬さんの弟だね――と笑いながら、召喚されたときのことを宇之吉さんに話した。水瀬さんも興味津々といった面持ちである。

そうしていろいろと話しているあいだに、宇之吉さんは作業を開始した。ピッキングツールを鍵穴に差し込み、滑らかな指捌きで内部機構を探る。

ここまでは、帝都の鍵屋さんでも似たような流れだった。違ったのは、鍵穴にピッキングツールを差し込んだ彼の指の動きが、驚くほどに滑らかだったことだ。

無骨な指が、繊細な動きでピッキングツールを操る。もしかしたらと期待させられるほどの芸術的な動きに、思わず感嘆の溜め息が零れた。

だけど――

「ふむ、普通のピッキングでは開けられそうにないな」

わずかな時間で、彼はピッキングが不可能だと結論づけた。なぜ？　と思ったのは私だけではないようで、水瀬さんが疑問を口にする。

「宇之吉ほどの技術をもってしても開けられないのですか？」

「無理だな。というか、嬢ちゃん、これは本当に鍵穴か？　俺には、この穴が、ただの穴にしか思えないんだが」

「……ええっと、それはどういうことでしょうか？」

「これを見ろ」

宇之吉さんが、工具箱の中から南京錠《なんきんじょう》のような物を取り出した。それは透明な素材で作られていて、中の構造が丸見えだった。

「詳細は省くが、錠前っていうのは、鍵で中のピンを適切な高さに押し上げたりすると開くようになるんだ。こんなふうに――な」

彼がピッキングツールを南京錠の中へと差し入れる。その指が繊細に動き、複数あるピンを順番に押し上げ、あっという間に鍵を開けた。

「初めて見ました。こんな一瞬で開けられるのですね」

「これは単純な鍵だからな。複雑な鍵ならもっと時間が掛かる場合もある」

「では、時間を掛けることなく、この手枷を解錠出来ないと判断した理由はなんですか？」

「簡単だ。この鍵穴の中に、それらしき機構がなに一つとしてないからだ。だから聞いたんだ。これは本当に鍵穴なのか、ってな」

問われて、魔封じの手枷を入手したときのことを思い出す。

魔封じの手枷を用意したのは、聖女の力を我が物にしようとした悪い貴族だった。そして作ったのは、その手先である魔導具師だったと聞いている。

だとすると……

「手枷を外すには、もしかしたら魔術的な鍵が必要なのかもしれません」

「魔術だぁ？　嬢ちゃんの世界にはそんな力が存在するのか？　そんな得体の知れない力が必要だっていうなら、いくら俺でもお手上げだぜ」

言われて、この世界は魔術的な技術がないに等しいことを思い出す。となると、魔封じの手枷を外す手段も存在しないということになる。

え、どうしよう、それってすごくピンチなのでは？

「えっと……あ、待ってください。私にとっては、巫女の力とか、私を召喚した召喚の儀とかも魔術と似たような力なんです。その辺り、解錠のとっかかりになりませんか？」

巫女の術はよく分からないけど、召喚の儀は魔術に近い能力のはずだ。であれば、その誰かは魔術を使えるはずだと指摘する。

だけど――

「あ～残念だが、巫女召喚の儀は、文献にある通りにしただけらしいぞ。巫女の術についてはよく分からねぇが、さすがに研究を手伝ってもらうのは不可能だ」

「ですか……」

瘴気を払う見通しがついたのに、魔封じの手枷を外す見通しが立たないのは計算外だ。途方に暮れていると「破壊してもかまわねぇのか？」と、宇之吉さんに聞かれた。

「破壊なら可能なのですか？」

「簡単ではないが、その気になれば壊せると思うぜ」

「なるほど……」

破壊するのも決して簡単ではなさそうだ。逆に言えば、解錠するのはもっと難しいという意味でもある。雨宮様の口添えがなければ、無理だと匙を投げられていたかもしれない。

「宇之吉。このように貴重な道具を壊すなんてとんでもありません」

「だが、嬢ちゃんの手枷を外す必要があるんだろ？」

考え込む私の横で、水瀬さんと宇之吉さんの意見がぶつかり合う。

「……そう、ですね。最終的には破壊も視野に入れなければならないかもしれません。でも、現時点では、破壊されるのは困ります。まずは、解錠する方法を探してください」

私の魔石を浄化した後ならば、魔封じの手枷を破壊してしまってもかまわない。でも、現時点で魔力を封じる手段を失えば、魔物化を止める手段も失ってしまう。

よって、いま破壊されるのは困る。

「……なるほど、訳ありってことか。まぁ、それが嬢ちゃんの頼みで、それに答えるのが蒼二の兄貴の命令だって言うなら言う通りにするけどよ。だが……時間が掛かるぜ？」

「それは、仕方ないと思っています」

そのあいだに巫女と接触したり、することはいくらでもある。そう思って答えたのだけど、宇之吉さんは「その反応、誤解してるな」と口にした。

「誤解……ですか？」

「未知の道具を解析するには現物がなくちゃどうしようもねぇ。そして、その手枷は現在、嬢ちゃんの腕から外れねぇ。つまり……」

「研究中は、私はここにいる必要がある……と？」

宇之吉さんは頷いた。

なるほど。たしかに、研究中ずっと椅子に座っているのは大変だ。しかも、そのあいだに他のことが出来ないというのは厳しい。

どうするか考えた私は、ひとまずは保留にしてもらうという結論に至った。

3

魔封じの手枷を外す件は、私に時間があるときに研究してもらうことにした。

いまは解錠して外すという手段しか選べないけれど、魔石の瘴気を払うことが出来れば、魔封じの手枷を破壊するという手段を選ぶことも出来るからだ。

という訳で、次にするべきなのは、巫女に瘴気を払う力を身に付けてもらうことだ。

――と言っても、いまの私に巫女との接点はない。この状況で、巫女の修行に口を出すことは難しい。そう思ったから、まずは先日の男の子の件を利用することにした。

あの男の子は、聖水のおかげで妖魔化が治まっている。

でも、聖水で魔石を穢す瘴気を完全に浄化することは出来ない。器からあふれそうな瘴気を吸い取っただけで、少しでも瘴気を取り込めばすぐに許容量を超えてしまう。

いまの彼はそれに近い状態だ。

あの子を本当の意味で助けるには、聖なる力で瘴気を払う必要がある。

その事実を雨宮様に打ち明け、巫女に助けてもらうように掛け合ってもらう。そうして男の子を助けさせることで、巫女が私の瘴気を払えるほどの力を手に入れられるように誘導する。

これが、私が立てた次の計画だ。

その提案をするべく、雨宮様のところへと向かった。そうして司令部の廊下を歩いていると、紅蓮さんやアーネストくんと出くわした。

今日もお仕事中なのか、二人は軍服に身を包んでいる。

同じ軍服なのに、紅蓮さんは軍服を着崩していて、やんちゃそうな雰囲気が際立っているし、アーネストくんはちょっと背伸びをしているようで可愛らしい。

二人に向かって会釈《えしゃく》をすると、気付いた二人が歩み寄って来た。

「よう、レティシアの嬢ちゃん、今日は私服なんだな。どこかへ行くのか？」

「雨宮様のところへ行く途中です。そういう二人は、どこへ行く予定なんですか？」

「あぁ、俺達は剣術の稽古に行くところだ」

「紅蓮さん、言葉選びは間違えないでください。紅蓮さんの稽古に、僕を無理矢理付き合わせようとしているところ、でしょう？」

「なんだよ、おまえの稽古にもなるからかまわねぇだろ？」

「紅蓮さんの剣術は乱暴だから、相手するのが大変なんですよ」

「そういうおまえの剣術は几帳面《きちょうめん》すぎるんだよ」

私の前で二人が口論を始める。

だけど……やっぱり、二人の仲はよさそうだ。口論をしていても険悪ではないというか、見ていてなんとなく微笑ましく思ってしまう。

——と、会話を聞いていた私は、不意に紅蓮さんの太刀筋のことを思いだした。

「そういえば、紅蓮さんが私に斬り掛かったことがありましたよね？」

「むぐっ。あれは、悪かったたって言っただろ？」

「いえ、責めている訳ではなくて、鞘から抜き様の剣戟《けんげき》が、どうしてあんなに速かったのかな、と。不思議に思っていたので」

「抜き様の剣戟？　あぁ……居合いのことか」

「……居合い、ですか？」

聞き慣れない言葉に首を傾げる。

召喚の儀で招かれた私は、その恩恵とやらでこの国の言葉を理解している。けれど、元の世界で知らない言葉の場合は、その意味を認識できていないようだ。

私が首を傾げていると、アーネストくんが腰の軍刀を鞘ごと抜いて私の前に掲げた。

「これは刀と言って、ご覧のように刀身に反りがあります。この反りを利用することで、鞘に収めた状態から斬撃を繰り出すことが出来るんです」

「そっか、それであんなに速かったんだね」

紅蓮さんの攻撃を思いだして感心する。

私が護身用に持ち歩いているのは長剣。直刀だから、抜きながら斬るのは難しい。鞘から抜きながら、相手の攻撃を防ぐことが精々だろう。

だけど、居合いが使えれば、不意の攻撃にも先手を取ることが出来る。

その差はとても大きい。

興味津々——だけど、私が戦うことを快く思っていない紅蓮さんの前であまり聞かないほうがいいだろう。そう思った私は話を変えることにした。

「そういえば、雨宮様に許可をもらえたら、例の男の子に会ってみるつもりなんです。よかったら、お二人も……って、どうかしましたか？」

私のセリフの途中、二人は露骨に顔をしかめた。

「私、なにか失礼なことを言いましたか？」

「いや、そういう訳じゃないが……」

「レティシアさん、僕達は行きません」

明確に拒絶する意思を感じた。二人は現場では男の子のことを気遣っていた。性格的にも、薄情ではないはずだけど……なにかあるのかな？　と、余計な詮索は止めておこう。

つい先日も紅蓮さんの悲しい過去を蒸し返してしまったばかりだから。

「それじゃ、私だけで行ってくるね」

抱いた違和感は洩《も》らさないように話を切り上げて踵を返した。そんな私をアーネストくんが呼び止めた。足を止め、肩越しに振り返ると、アーネストくんは顔に憂いを滲ませていた。

「……アーネストくん？」

「彼は、まだ人間です。出来れば、優しくしてあげてくださいね」

アーネストくんがどんな気持ちでそんな言葉を口にしたのか、このときの私には分からなかった。私がその言葉の裏に隠された真実を知るのはもう少しだけさきの話。

だから私は「もちろんだよ」と無邪気に笑い返した。

そうして、私は雨宮様を訪ねて司令室へとやってきた。扉の前でノックをして部屋に入ると、彼は笹木大佐様と共に書類仕事に追われていた。

「レティシアか、少し待て」

彼はそう言って書類にペンを走らせる。軍服の雨宮様が真剣なお顔で書類仕事にいそしむ姿は非常に絵になっている。その顔を眺めていると、ほどなく彼は顔を上げた。

「待たせたな」

「お疲れ様です。冷たい紅茶はいかがですか？」

「あぁ、もらおう。レティシアの淹れた紅茶は美味《うま》いからな」

その言葉を受けて、異空間収納からトレイに乗せた二人分のアイスティーを取り出した。それを見た雨宮様が「相変わらず、訳の分からない光景だ」と呆れている。

「レティシア嬢、私にもいただけるのかな？」

「ええ、もちろんです」

笹木大佐様の前にコースターを置き、その上にグラスを置く。

「ありがとう、レティシア嬢。それと、開発局への出向、ご苦労だったね。ポーションの製造は上手くいきそうかい？」

「まずは栽培を試すところから始めました。それと、従来の品質を保った回復ポーションの製造ですが、もしかしたら材料の代用が出来るかもしれないとのことです」

「ほう、それは非常に明るいニュースだ。伊織もそうは思わんか？」

笹木大佐様はグラスを手に取って一口。とても機嫌がよさそうだ。私はそれを横目に、雨宮様にも紅茶をお出しするが――

「あの回復薬があれば、兵の損耗率は大幅に改善されるだろう。レティシアには感謝しかない。だが……その手枷はどういうことだ。外してもらったのではないのか？」

雨宮様が目聡《めざと》く見つけて、私の手首を摑んだ。その上で「もしや、あの酔狂な局長が命令を無視したのか？」と剣呑な雰囲気を纏った。

「いいえ、外そうとはしてくれました。ただ、この手枷は魔術的な錠が用いられているようで、現時点では解錠するのは難しいようです」

「解錠？　破壊は……そういえば、ダメだったのだな」

「はい。私の事情で保留にしてもらっています」

「……そうか、おまえが納得しているのならそれでいい」

もしかして、心配してくれたのかな？

そんなふうにも思うけど、雨宮様はあまり口数が多いほうじゃないから分かりにくい。そう思っていたら、グラスをコースターに戻した雨宮様が私を見上げた。

「ところで、レティシア。ここにきたのは報告が目的か？」

「いいえ。実は……例の男の子のことで相談があります」

「例の少年がどうかしたのか？」

問い返してくる雨宮様に、まずはお伝えするべきことがあると切り出した。そうして話すのは、私が妖魔化と魔物化を同一の現象である可能性が高いと思っているという話である。

「ふむ。つまり、いまからする話は、同一の現象であるという推測を元にした話、という訳だな？」

「はい。それを念頭にお聞きください。あの男の子ですが、このまま放置すれば、いつか妖魔化する可能性が非常に高いです」

「……たしか、聖水で妖魔化を抑えたと言っていなかったか？」

「はい。ですが、彼はギリギリのところで留まっているにすぎません。もしいま、なんらかの形で瘴気に触れることがあれば、すぐにでも妖魔化が始まるでしょう」

「瘴気だと？　レティシア、おまえはなにを知っている？」

「さきほど言った通り、これはあくまで魔物化の話ですが――」

前置きを一つ。私は魔物化の原因について話をする。

「大気や水、それに大地には魔力素子《マナ》と呼ばれる、魔力の源となる力が宿っています。それを呼吸などで体内に取り込むことで、コアとなる魔石が体内に生成されることがあります」

「魔石……聞いたことのない名前だな」

雨宮様がそう言って、笹木大佐様にも確認を取る。そのやりとりを見た私は、この世界で妖石と呼ばれる石が、私の世界で言うところの魔石のようだと打ち明けた。

「ああ、あれか。……待て、あれが人間の体内にも作られるのか？」

「この辺りはまだ確証がありません。ただ、魔石と同じであることを前提に考えれば、サイズは違えど、この世界で生きるほぼすべての人間の体内でも妖石が作られているはずです」

「それは、つまり、なにか？　我ら人間は、いつか必ず妖魔になる、と？」

雨宮様達が顔色を変えた。

そこで私は、二人が大きな勘違いをしていることに気が付いた。

「待ってください。魔石そのものが魔物化の原因ではありません。魔石そのものに害はなく、むしろ術者は自身に宿る魔石の力で術を発動しています」

「術者だと？　では巫女も妖石を宿していると？」

「そう考えます。巫女を選別するのに使ったペンダントがありましたね？　あれはおそらく、巫女が体内に宿す、聖《せい》属性の妖石に反応しているのだと思います」

もちろん、これは憶測でしかない。

でも、そう仮定すると辻褄《つじつま》が合うのもまた事実だ。

「聖属性の妖石だと？　訳が分からないな」

「それはおそらく、妖石が妖魔から得られる邪悪な石だと認識しているからですね。妖魔から得られる妖石は瘴気に侵されているものがほとんどだと思いますが、他の動物から得られる妖石は、瘴気に侵されていないものが多いはずです」

「ふむ……達次朗の大佐殿はどう思う？」

「いや、私もそういったことはさっぱりだよ。だが、詳しく調べる価値がありそうだ。伊織、レティシア嬢から話を聞いて、上層部へ送る報告書を作っておいてくれ」

「達次朗の大佐殿、なんで俺が……」

「嫌なのかい？　なら、紅蓮、いや、アーネストに頼もうか？　報告書を作るために時間を取って、レティシア嬢から詳しい話を聞いて欲しい、と」

「……分かったよ。俺がやろう」

わずかに睨み合った後、雨宮様はそう言って折れた。そのやりとりを見ていた私は、いまの要素に折れる理由なんてあったかな？　と小首を傾げる。

「――という訳だ。レティシア、悪いが後で時間をくれ」

「かまいませんが……」

「ああ、少年の件がまだだったな。まだ妖魔化の危険がある、と？」

私はどうして急にやる気になったのか聞きたかったのだけど、雨宮様は私が会話を戻したがっていると判断したようだ。私としても男の子の件は気になっているのでそれに応じる。

「可能性はあると思います。ですから、巫女のいる特務第一大隊に男の子を預けて欲しいんです。私の考えが正しければ、それで男の子を救うことが出来ます。それに、なにより――」

「妖魔化の原因究明に繋がるという訳か」

「その通りです」

そしてそれは、私の魔物化を止める手段を手に入れることになる――とは声に出さずに呟いた。いまはまだ、この秘密を打ち明ける訳にはいかない。

「という訳で、まずは男の子に会わせていただけませんか？」

私のお願いに、雨宮様はその場で笹木大佐様から許可を取り、自ら案内すると言ってくれた。

そうして、すぐに面会の手続きを始める。

その許可が下りるまでのあいだ、魔物化や魔石について、私が知っている情報を雨宮様に開示することになり、別室へと案内された。

部屋はそれほど広くなく、飾りっ気がない内装で、中央にぽつんとテーブル席が設けられている。その部屋に入った私が最初に浮かべたイメージは、取調室である。

「すまないな。あの部屋でも盗聴の心配は少ないが、念には念を入れさせてもらった」

「……なるほど、理解しました」

彼らは私の情報を重要視してくれているようだ。あるいは、誰もが妖魔化する可能性があるという件《くだり》から、話が広まったらパニックが発生すると危惧しているのかもしれない。

なんにしても、私が開示する情報をどう使うかを決めるのは彼らの仕事だ。

私はそれでは――と、魔石や魔物化について知っている情報を開示していった。

「なるほど……レティシアの故郷でも似たような現象が発生しているのだな。類似性は高い。魔物化と妖魔化がイコールである可能性は十分にある、と……」

報告書にペンを走らせる雨宮様の表情は真剣そのものだ。帝都の人々を守るために多くを背負った男の表情。国は違えど、民を思う心は同じなんだね、と。

私はそんな気持ちを抱きながら、彼らの役に立つであろう情報を開示していった。

ただ、魔石と妖石のように、分かりやすく符号する対象があるものばかりではない。すべての物の詳細を語っていいては切りがない――ということで、今回は触りだけ。

詳細については次回以降ということで、第一回の報告書は完成した。私は雨宮様にお疲れ様ですと一声掛けて、テーブルの上にアイスティーと茶菓子を並べる。

「いただこう。……ああ、レティシアの用意した紅茶はいつも美味《おい》しいな」

「お気に召して幸いです」

社交辞令だとは思うけど――と、私は頬を緩めた。

「ところで、レティシア。この世界での生活はどうだ？　なにか不便はないか？　困ったことがあるのなら相談してくれ。可能な限り力になろう」

「ありがとうございます。ですが、最初に言った通り、私は召喚されて結果的によかったと思っています。ですから、雨宮様が気に病むことはないのですよ？」

「そうか……」

雨宮様は「気に病んでいる訳ではないのだがな……」とグラスに視線を落とした。もしかしたら、純粋に心配してくれているのかな――と不思議な気持ちになる。

「雨宮様、ありがとうございます。なにか困ったことがあったら相談させていただきますね」

「ああ。そのときは力になると約束しよう」

そうして互いに微笑み合う。それからほどなく、面会の許可が下りたという報告が届き、私と雨宮様はさっそく男の子の元へ向かうことにした。

4

雨宮様に連れてこられたのは、コンクリート造の殺風景な施設。

外は物々しいけれど、内側には驚くほどなにもない。それを見た私は、警備がもっとも警戒しているのは、外から来る敵ではなく、施設の内にいる存在なのだと理解した。

「隔離施設はこの先になります」

案内役の軍人が階段を下りていく。雨宮様と一緒にその後を追っていくと、まるで監獄のようなフロアにたどり着いた。

「まさか、このような場所にあの男の子を？」

「隔離しています。いまは正気を保っていますが、いつ暴れ出すか分かりませんから」

私の独り言に答えたのは案内役の軍人だ。小さな男の子に対して酷い仕打ちだとは思うけど、妖魔が街中で暴れたときの惨状を思えば、彼らの判断を責めることは出来ない。

祖国では、もっと酷い扱いを受けていた人達もいたからね。

「レティシア、帰りたくなったのか？」

「いいえ、まさか」

「そうか、なら俺に付いてこい。心配せずとも、部屋の内装はそこまで悪いものじゃないぞ」

まるで私の内心を見透かしたかのように笑い、雨宮様は案内役に先導を促した。

「ここが少年の隔離されている部屋です。部屋の中に入ることは許されていますが、中の鉄格子《てつごうし》を開けることは許可されておりません」

「ご苦労。しばらく下がっていろ」

「はっ、ご用が終わりましたらお呼びください！」

雨宮様の指示に従い、彼は持ち場へと戻っていった。

それを見届けた雨宮様が扉を開けて無造作に部屋に入る。私がその後に続くと、案内役の軍人が言った通り、部屋の真ん中に格子状の仕切りがあった。

その鉄格子の向こう側に、膝を抱えて俯く男の子の姿があった。話に聞いていた通り、妖魔化の兆候は見られない。影による爪などもいまは消えている。

男の子が物音に気付いたのか、ゆっくりと顔を上げた。

十歳くらいだろうか？　頼りなさそうな、だけど優しげな顔立ちをしている。黒髪に赤い瞳の男の子だ。その子を見ていると、なぜだか懐かしい気持ちになる。

不意に脳裏に浮かんだのは、子供の頃に生き別れになった弟の顔。

「……あれ、お姉ちゃんは」

男の子の呟きに胸がドクンと高鳴った。だけど「このあいだの……」と続けられた言葉に、自分が勘違いしたことに気付く。

私には生き別れの弟がいる、けれど、仮に生きていたとしても十代後半だ。もちろんこの子が生き別れの弟のはずはない。

胸を押さえて深呼吸を一つ。私は鉄格子の前で膝をつき、男の子と視線を合わせる。

「また会ったね。大丈夫だった？」

「うん。お姉ちゃんが助けてくれたんだよね？」

「私はなにもしてないよ」

謙遜ではなく、意図的に嘘を吐いた。この子が特務第一大隊に行くことになるのなら、私が聖水を与えたことについては話さないほうがいいと思ったからだ。

「ところで、私はレティシアっていうの。少しキミの話を聞かせてくれるかな？」

「質問に答えたら、ここから出してくれるの？」

「すぐには無理だけど、そう出来るように質問をするんだよ」

嘘でぬか喜びはさせない。でも、最悪を口にして希望を奪うような真似もしない。いまは落ち着いているようだけど、大きな感情の揺れは妖魔化の切っ掛けとなるかもしれないから。

「まず、キミのご両親はどこにいるの？」

「お父さんとお母さんは、僕を妖魔から庇って……死んじゃった。僕のせいで……お父さんと、お母さんが。僕が、お父さんとお母さんを殺したんだ！」

初手から質問を間違えてしまった。

ボロボロと涙を流す彼の瞳が、赤い輝きを放ち始める。それは、妖魔化の前兆だ。やはり、聖水を一つ与えただけでは、妖石の瘴気をそれほど払うことは出来なかったようだ。

私は異空間収納から聖水を取り出し、それを素早く男の子に飲ませた。

これで、私の持っている聖水は在庫切れだ。でも、後悔するつもりはない。男の子を見捨てることなんて出来ないし、彼を救うことが、私自身を救うことにも繋がるから。

そうして様子を見守るけど、聖水の効果が出ていないのか、あるいは彼の妖魔化が進んでいるのか、男の子の容態が回復しない。

「レティシア、危険だ。退がれ」

「嫌です」

私は雨宮様の制止を振り切って手を伸ばし、鉄格子越しに男の子を抱きしめた。小さい、本当に小さな男の子だ。なのに両親を妖魔に殺され、自分も妖魔になりかけている。

こんな小さな身体で、どれだけの悲しみを背負っているのだろう？

聖女の力で彼の妖石を浄化しようとするけれど、魔封じの手枷を嵌められた私は聖女の力を振るえない。いまの私は、彼の妖石を侵す瘴気を払うことすら出来ない。

私は無意識に唇を嚙んだ。

「痛いよ、お姉ちゃん。僕、どうなっちゃうの？」

「大丈夫だよ。落ち着いて、興奮しないで。感情を揺らしたら、妖魔化が進んでしまうから」

男の子に呼びかけて、必死にどうするのが最適か考える。そうして懸命に思考を巡らした私は、いままでに直面した現実から一つの結論を得る。

「キミのお父さんとお母さんは、キミのせいで死んだんじゃない。ご両親は、大好きなキミを最後まで守り抜いただけ。だから、責任を感じる必要なんてないんだよ」

「……お姉、ちゃん？」

私は聖女だ。

いくつもの戦場を目にした私は、人間がどういう生き物か知っている。

極限状態に置かれた人間はその本性を曝《さら》け出《だ》す。

己の死を前にすれば、家族を、友を、恋人を見捨てて逃げる人間だって珍しくない。そんな中、命を賭して男の子を守った両親がなにを思ったかなんて明らかだ。

だから——

「守ってくれてありがとうって、感謝すればいいんだよ」

「でも……」

「キミのご両親は、精一杯キミを守ったの。それなのにキミが悲しんでいたら、ご両親が喜ぶと思う？　キミが笑っているほうが、ご両親は絶対に喜ぶはずだよ」

「そう、なのかな？　お父さんとお母さん、僕を怨《うら》んでたりしないかな？」

「絶対にそんなことはない！　ご両親は、キミのことを心配しているよ」

確証なんてない。

それでも、男の子の心が少しでも晴れるように断言する。私がご両親ならそう願う。私が彼の肉親なら、誰かが彼にそう伝えてくれることを願うから。

「お父さんやお母さんが、僕のことを……心配してるの？」

「うん。大切なキミに幸せになって欲しいって、そう願ってるはずだよ」

「……っ。そうだ、僕を庇ったときに、お父さんとお母さんは、僕に、生きろって、最後にそう言って……どうして、忘れていたんだろう。う、うぅ……っ。うわぁあぁあぁっ」

男の子は声を上げて泣き始めた。

それは、さきほどまでのように後悔にまみれた涙でなければ、不安に押し潰されそうな感情の発露でもない。生きるために前を向いた男の子の、両親を偲《しの》ぶありったけの想いだ。

涙を流してはいても、妖魔化の兆候は治まっていく。格子越しに男の子をあやしていると、しばらくして男の子は落ち着きを取り戻した。

それを確認して、私は慎重に質問を再開した。

男の子の名前は蓮《れん》、今年で十一歳になるそうだ。

蓮くんは帝都の郊外で両親と暮らしていたらしい。だけど、その両親が半年前に妖魔に殺され、それ以来、男の子は孤児として帝都の貧民街で暮らしていたそうだ。

その頃から、男の子は体調を崩し始めたらしい。

つまり、男の子の妖魔化が始まったのは帝都に移住してから、ということになる。

妖魔化の原因が瘴気に汚染された空気ならば、この帝都が瘴気に侵されていることになる。

だけど、妖魔は帝都よりも、郊外で発生することのほうが多いと聞いている。

なにか、私が見落としている情報があるのだろう。

「お姉ちゃん、僕、ちゃんと質問に答えたよ。ここから出してくれる？」

「確認するから少しだけ待ってね」

私は視線で雨宮様を促して、一緒に部屋から退出する。男の子が軟禁されている部屋の前、廊下の壁に身を預けた私は小さく息を吐いた。

そんな私を、雨宮様が気遣うように見下ろした。

「レティシア、大丈夫か？」

「……少し、感情移入をしすぎたようです」

自分の身をぎゅっと抱きしめる。

誰とも知れない、性別や年齢すらも知らない、他人の不幸を聞いて号泣する人はいない。だけど、その人の生い立ち、たとえば苦労した過去を知っていたら話は変わる。

男の子が生き別れの弟に似ているのだからなおさらだ。彼を取り巻く環境を想像した私はいま、彼の不幸を自分のことのように悲しんでいる。

「本当に大丈夫か？」

「心配しないでください。……慣れていますから」

「慣れている、だと？」

口が滑った。私はすぐに首を横に振って「それより、当初お願いした通り、あの男の子を巫女に任せたいのですが……」と本題を切り出した。

「そうだな。特務第一大隊に引き渡すのは少し心配だが、それしか彼を救う方法がないというのなら仕方ない。問題は特務第一大隊が引き受けてくれるかどうかだが……レティシアが与えてくれた、妖魔化の知識を交渉材料にさせてもらってもかまわないのだろう？」

異世界の知識を伝えるくらいなら許容範囲内だ。多少の面倒はあるかもしれないけれど、魔石を浄化してもらうためには避けられない一手である。

私は「もとよりそのつもりでした」と応じる。

「そうか、なら問題はない。達次朗の大佐殿にも許可は取ってある。すぐに移送の手続きをして、特務第一大隊との交渉を始めよう」

私は「感謝します」と、深く頭《こうべ》を垂れた。

そして、蓮くんに伝えようと踵を返す寸前、雨宮様に伝え忘れていたことを思い出した。

「そういえば、男の子の妖魔化が始まったのは、帝都に入ってからのようですね。もしかしたら、妖魔化の原因が分かるかもしれません」

「妖魔化の原因、だと？」

「その地に瘴気溜《だま》りが発生したことが原因、というパターンが一番多いんですが、それにしては帝都に現れる妖魔が少ないので、別の理由だと思います」

「ふむ、たとえば？」

「そうですね。瘴気に侵された土地で育てられた食物が出回っている、とか？」

つまり、蓮くんが普段なにを食べていたか調べれば、どの地域で採れた作物が原因か分かるかもしれない。

「なるほど、想像以上によい情報だ。そういえば、妖魔化する人間は貧困層の者が多かったな。とすれば、炊き出しの食材に問題があるのかもしれない。こちらで調べてみよう」

「お願いします。それと、出来れば他の部隊にも伝えていただけますか」

「ああ、特務第一大隊にも伝えておこう。……ちょうど、対価が必要だったからな」

雨宮様がニヤリと笑った。

どのみち伝える情報を、蓮くんを任せることの対価に使うつもりらしい。

「意外としたたかですね」

「このくらいは当然だ。それより、早く少年に伝えてやれ」

「はい」

私は感謝の気持ちを伝えてから、蓮くんのもとへと戻った。「お待たせ、蓮くん」

「お姉ちゃん、どうなったの？　僕はここから出られるの？」

「うん。といっても、いますぐじゃないんだけど。キミの病気を治してくれそうな人が見つかったの。だから、その人のところへ連れて行ってもらえるようにお願いしたよ」

「僕の病気を治してくれる……人？」

首を傾げる蓮くんに、妖魔化がある種の病気であると伝える。病気という表現を使ったのは、そのほうが彼に伝わりやすいと思ったからだ。

「いまは平気だけど、いつか病気が悪化して、取り返しのつかないことになってしまうかもしれないの。だけど、そこで治療をすれば、きっとすぐによくなるよ」

「そう、なんだ……」

決して不治の病ではないと強調してみるけれど、蓮くんは表情を曇らせたままだ。私は、蓮くんの決心がつくまで待つことにした。

そうして沈黙を守っていると、蓮くんが縋《すが》るような目を私に向けた。

「僕、お姉ちゃんに病気を治してもらいたい」

「えっと、それは……」

「残念だが、レティシアは医者ではない」

戸惑う私の横でいつの間にか部屋に戻ってきたらしい雨宮様がそう口にした。

「あれ、雨宮様。移送手続きに行ったのでは？」

「それは後でしておく。少し、心配だからな」

「えっと……その、ありがとうございます」

心配されるのがくすぐったい。

でも、いまはそれより蓮くんのことだ。

雨宮様の説明で、蓮くんはまだ幼く、医者――ここでいう医者とは巫女のことだが、病気を治せるのは特殊な技能を持つ者だけだということを理解していないのだと気が付いた。

でも私は、聖女である私が助けを求められているように感じてしまった。

私に魔封じの手枷が付けられていなければ。あるいは、魔封じの手枷を外す目処《めど》がついているのなら、私が蓮くんを救ってみせると啖呵《たんか》を切ったかもしれない。

だけど、いまの私には不可能なのだ。

だから――

「蓮くん、私には無理なの。でも、その人がきっとキミを救ってくれる。だから、私を信じて、その人に治療してもらおう？」

「……本当？」

鉄格子の向こう側。蓮くんが不安げに私を見上げた。

だから私は、「絶対の絶対に本当だよ」と笑みを浮かべる。

「……分かった。僕、お姉ちゃんのこと、信じるね」

「うん。それじゃ、さっそく部屋を移れるようにお願いしてくるね」

私はそう言って立ち上がる。そうして部屋を退出しようとしたところで蓮くんに呼び止められた。私は振り返って「どうしたの？」と問い掛ける。

蓮くんは少し恥ずかしそうに、だけど私の顔をまっすぐに見上げて満面の笑みを浮かべた。

5

隔離施設から戻った私は、その足で退院した彩花のお見舞いに向かった。

女中の部屋が並ぶ宿舎の一角、彩花の部屋の扉をノックすると返事があった。だけど、聞こえてきたのは知らない声だ。中に入ると、彩花が療養中のベッドの横に、先客の女の子がいた。

白い着物と緋《ひ》の袴姿。

青みを帯びた黒――夜空のような髪と瞳の持ち主で、髪はツインテールにしている。見た目は幼いながらも、将来は誰もが目を奪われるほどの美人になるであろう愛らしい少女。

ベッドの横にある椅子に腰掛けるのは、召喚の儀で現れた巫女だった。

どうして、彼女が彩花の部屋にいるんだろう？　理由は分からないけど、険悪な雰囲気じゃない。巫女が彩花のお見舞いをしているだけのようだ。

これはチャンスだよ。

出来れば、いまここで巫女とお知り合いになっておきたい。

そう考えた私は、ひとまず彩花の容態を尋ねる。

「彩花、どう？　元気してる？」

「おかげさまでね。少し貧血気味だけど、二、三日中には復帰出来そうよ」

「そっか、安心した」

私は彩花に微笑みかけて、さり気ない体で巫女に視線を向けた。

「貴女は巫女様ですよね？」

「ええ。そういう貴女は、私と一緒に召喚されてきた方ですよね？」

「はい。初めまして、巫女様。私はレティシアと申します」

相手をこの国の巫女として扱い、敬意のある態度で応じる。

でも、彼女は困った顔をした。

「巫女様だなんて、私のことは美琴《みこと》と呼んでください」

召喚の儀で呼び出され、巫女として祭り上げられた女の子。少し警戒していたのだけど、祭り上げられて増長するような性格の女の子ではないようだ。

「では、美琴さんと呼ばせてもらいますね」

「はい。私もレティシアさんと呼ばせてもらいますね」

人当たりのよさそうな女の子だ。これなら仲良くなれるかな？　と思っていたら、彼女はきゅっと唇を結んだ。それから、なにか言いたげな顔で私を見つめる。

「えっと、どうかしましたか？」

「いえ、その……ご、ごめんなさい！」

彼女がいきなり頭を下げた。

「ええっと……なんのことでしょう？」

「召喚されたときのことです。レティシアさんも私と同じように巻き込まれた身なのに、私だけが優遇されて、貴女は置いて行かれたから……ずっと気になっていたんです」

「え、そんなの、気にしないでください」

彼らの目的が巫女だっただけの話で、美琴さんが私になにかをした訳じゃない。むしろ私的には、放置されてよかったと思っていたので、気にしていたと聞いて逆に申し訳なく思う。

「許してくれるんですか？」

「許すもなにも、美琴さんも巻き込まれただけでしょう？　それに私、なんだかんだで女中としての日々を楽しんでいるので、気にする必要はないですよ」

「そう、ですか……」

本当に気にしていないのだけれど、美琴さんは納得がいっていない様子だ。

むしろ、美琴さんのほうに、なにか気にする理由があるのではないだろうか？　そう思って彼女の出方を待っていると、数秒をおいて彼女が口を開いた。

「あの、もしかして、レティシアさんが本物の巫女、なんじゃないですか？」

予想していなかった問い掛けに、思わず反応しそうになった。ぎゅっと手を握り締め、だけど表向きはなんでもないような態度を取った。

彩花が話を変えてくれることを期待するけれど、彼女は『私は空気が読める女の子です』とでも言いたげな顔で無言を貫いている。私は仕方なく、美琴さんの質問に答えることにした。

「巫女は美琴さんでしょう？」

「そう聞いています。でも、本物の巫女はレティシアさんじゃないかな、と」

「……なぜ、そのように思われるのですか？」

いまの私は聖女の力を封じられている。

いまの私が聖女や巫女であると疑われる理由はないはずだ。なのになぜと疑問を抱く私の前で、美琴さんは「そのほうが王道だから、なんて言えないよね」と呟いた。

「……王道、ですか？」

「あ、いえ、なんでもないです。その……たんなる勘です」

「そうですか。でも、私は巫女じゃありませんよ」

「そう、ですか……」

彼女は納得いっていないようだけど、私は巫女ではなく聖女なので嘘は吐いていない。なにより、彼女が本物の巫女であることは、ペンダントが証明していたはずだ。

なのに、自分が偽物《にせもの》であるかのような言動をするのはなぜだろう？

「美琴さん、なにか悩みがあるのですか？」

「えっと……その、分かります？」

「はい」

他の人に、貴女が本物の巫女じゃないですか？　なんて言っておいて、悩みがないと言われれば逆にびっくりである。そんな思いで生暖かい視線を送ると美琴さんは頬を赤らめた。

「そ、その、実は……自分の能力に自信がなくて」

……あれ？　もしかして、美琴さんの能力を聞き出すチャンスなのでは？　それどころか、美琴さんが成長できるよう、さり気なくアドバイスをするチャンスなのでは!?　そう胸を高鳴らせた私は、「自信がないって、どういうことですか？」と問い掛けた。

「実は……その、先日、ようやく巫女の術で、軽い傷を癒せたんですが、それ以外の力はなかなか使えなくて。だから、自分はニセモノじゃないのかなぁと」

私はこてりと首を傾げた。

巫女の術を使えるのなら、それは巫女としての才能があるということだ。そこからどこまで才能を伸ばせるかは不明だけど、ニセモノということはあり得ない。

「巫女の術を使えたのなら、それはつまり、本物ということではありませんか？　ニセモノなら、たとえ下位の術だとしても使えないと思います」

「……そういう、ものなのですか？」

あ、余計なことを言ったかもしれない。

でも、私が異世界人だということは巫女も知っているはずだ。であれば、私が故郷の話として、あれこれ話す程度なら大丈夫だろう。

というか、ある程度は話さないとアドバイスが出来ない。

「あくまで私の世界での話ですが、扱える魔術の系統は生まれながらに決まっています。ですから、巫女の術を使えたのなら、貴女にはその才能があるということになります」

「……ふむふむ。転職不可で、最初に職業を選ぶタイプのゲームなのかな？」

「職業を選ぶ、ですか？」

「ごめんなさい。私の世界には、そういう設定のゲームがあったんです」

「ゲームですか……」

私には分からないけれど、彼女が理解できるのならそれでいい。それよりもと、私は美琴さんが現在どのくらいの力を持っていて、どのような力を手に入れる予定なのか探りを入れた。

現在使えるのは軽い治癒だけで、いまは妖魔を発見する術の練習をしているらしい。そして、将来的に学ぶ予定の術もいくつか教えてくれた。情報を総合するに、やはり巫女と聖女は非常によく似ている。将来的には、私の瘴気を払うことも可能になりそうだ。

もう少し仲良くなって、自分のことを相談したい。

そう思った矢先、扉を叩く音が響いた。

私が彩花の代わりに扉を開けると、そこに井上さんがいた。

「おや、おまえは……」

「レティシアと申します。いつぞやは助言をくださりありがとうございました」

おかげで特務第八大隊に拾ってもらえたとほのめかせば、彼はそうかと表情を和らげた。やはり、悪い人ではなさそうだ。

「ところで、彩花になにかご用ですか？」

「彩花？　いや、我々が用なのはこの部屋の主ではなく――」

「――貴様は、いつぞやの罪人かっ！」

がなり立てるような声に顔をしかめる。井上さんの斜め後ろ、いつぞやの偉そうな軍人のおじさんが立っていた。彼はつかつかと私に詰め寄ってきた。

「貴様、本物の巫女は自分だなどとうそぶいているそうだな。だが、本物の巫女はわしが見つけてきたあの娘だ、このニセモノめ！」

ニセモノ？　私は自分が巫女だなんて名乗った記憶はないのだけど……と、思い出したのは、美琴さんの言葉。もしかして、特務第一大隊では、なにか情報が出回っているのかな？

詳細が分からないので、ひとまずは話を合わせたほうが無難だろう。

「貴方のおっしゃる通り、私が巫女だなんてあり得ませんわ」

「殊勝な心がけだと言いたいところだが、ならば貴様が真の巫女だという噂が広がっているのはなぜだ？　貴様や、はぐれ第八の連中が騒いでいるからだろう！」

まったく心当たりがないので弁解のしようもない。なんだか厄介なことになりそうな予感。

そう警戒した直後――

「高倉隊長、お待たせして申し訳ありませんでした！」

私の横をすり抜けて、美琴さんが部屋から飛び出した。

「おぉ、巫女殿、やっと戻ったか」

「はい、その……すみません。それから、すぐに稽古を再開したいと思います」

「は、当然だ。ただでさえ、成果があまり上がっていないのだからな」

高倉隊長が吐き捨てるように言い放った。

っていうか、そんなにすぐに上位の術を使えるようになるはずがない。この短期間で傷を治せるようになったのだって、才能がある証拠だ。なのに、その言い草はなんなのだろう。

呆れ果てるけれど、私が口出しをすると厄介なことになるだろうと自重する。

そのあいだにも、高倉隊長は美琴さんに帰りを促されて踵を返す。その後を追い掛ける、井上さんと美琴さん。去り際に、美琴さんが私に申し訳なさそうに頭を下げた。

もしかして……助けてくれたのかな？

ありがとうという想いを込めて手を振ってみれば、彼女はぎこちなく手を振り返してくれた。

そうして、彼女が立ち去るのを見届け、私は部屋の中へと戻る。

「レティシア、なんか怒鳴り声が聞こえてきたけど……大丈夫だった？」

「うん、大丈夫。それより、彩花は美琴さんと仲がよかったの？」

「いいえ、さっき会ったのが初めてよ。私が妖魔に襲われて怪我をしたことを知って、巫女の術で怪我を癒やせるかもって、訪ねてきてくれたのよ」

「え、それじゃ、傷痕は消えたの⁉」

「うぅん、身体が少し軽くなったけど、傷痕は残ったままよ。美琴ちゃんは巫女としての訓練を始めたばかりで、まだ初歩的な術しか使えないんだって」

「あぁ、そうだったね」

ポーションで治しきれないような傷の痕を消すには、もう少し上位の術が必要になる。私のためにも、美琴さんにはぜひ巫女として成長して欲しいところである。

もう少し時間があれば、有益なアドバイスを出来たのに……

なんて、悔やんでもしょうがない。

ひとまず、顔見知りになれたことをよしとしよう。

そんなことを考えながら、私は異空間収納からお見舞いの果物を取り出した。もぎたての果実を三つほどテーブルの上に。そして一つは皿に盛り付けた状態で差し出す。

「……ほんと、便利な力よね」

「まぁね。これがあれば、ずっと家にいるみたいなものだからね」

旅先でも、日用品やその他もろもろに困ることはない。

極端な話、荒野の真ん中にベッドを置いて眠ることだって出来る。そんなふうに考えていると、彩花が餌を待つひな鳥のように口を開けた。

「なにやってるの？」

「あーん」

「えっと……こういうこと？」

カットした果実を、フォークで刺して彩花の前に差し出す。

彼女はその果実にパクリと食い付いた。

「〜〜〜っ。なにこれ、すっごく甘くて美味しいんだけど！」

「気に入ったのならもっと食べて。栄養があるからいまの彩花にオススメだよ」

そう言いつつ、今度は自分の口に運ぶ。

「うん、やっぱり美味しいね」

私のお気に入りで、〝月《つき》の雫《しずく》〟と呼ばれる果実。もちろんこの世界では手に入らないけど、以前とある街を救ったときに、お礼として大量にもらった在庫が異空間収納に眠っている。

「レティシア、もう一個」

「はいはい。……ところで、美琴さんってどんな人だった？」

フォークで月の雫を彩花に食べさせる。彼女がそれを嚥下《えんげ》するのを待って、私は美琴さんについて問い掛けた。その瞬間、なぜか彩花がクスクスと笑い始める。

「なに？　どうして笑うの？」

「美琴ちゃんと同じことを聞くんだなって思って。彼女もレティシアのことを聞いてきたわよ。どんな人か、とか。どんな世界に住んでたのか、とか」

「ふぅん？　異世界について興味があるのかな？」

「ポーションのことじゃないの？　巫女の術と同じような力があるんでしょ？」

「あぁ……そうかもね」

あのポーションは、私が故郷から持ち込んだ薬草を栽培して作ったものだということになっている。私が本物だとか言い出したのは、その辺りの情報が漏れているのかもしれない。

なんにしても、もう少し様子見かな？

そんなことを考えながら、私は彩花に月の雫を食べさせた。

6

彩花のお見舞いに行ってから数日が過ぎたある日。

私は宿舎の裏手にある空き地にて、紅蓮さんやアーネストくんから剣術を学んでいた。

先日、刀による居合いについて聞いて興味を持っていたのだけど、二人がちょうど稽古をしているところを見かけて、私にも教えて欲しいと頼み込んだのである。

最初は紅蓮さんが難色を示していたんだけど、アーネストくんの援護もあって、なんとか承諾してもらうことが出来た。そんな訳で、私は髪をポニーテールにして、シンプルなブラウスと、アシンメトリーのスカート、それにブーツというスタイルで訓練に臨んでいる。

で、いまは紅蓮さんと実戦形式で切り結んでいる。

軍服を身に纏い、陽差しを浴びて煌めいている。紅蓮さんの姿は非常に絵になるが、私はその光景に見惚れる暇《ひま》がない。苛烈な彼の動きに必死に食らいついていく。

「どうした、嬢ちゃん。もう疲れたのか？　そんな大振りじゃ対応出来ねぇぜ！」

紅蓮さんが攻撃速度を上げてくる。

殺気はない――けれど、鬼気迫る勢いで斬り掛かってくる。右からの斬撃、弧を描くように一度引いて、今度は左からの斬撃を放ってくる。続けて左、再び右と見せかけて左。

圧倒的な速度を誇る紅蓮さんの連撃を必死に刀で捌く。

そのとき、紅蓮さんの額に浮かんだ汗が目に入り、彼の動きに乱れが生じた。

その期を逃さず、私は渾身《こんしん》の力で上段から刀を振り下ろす――が、私が放った一撃は紅蓮さんにあっさりと受け流されてしまう。

私が刀を引くより速く、彼の刀の切っ先が私に突きつけられていた。

「参りました」

私は何度目かの敗北を認め、腰に取り付けた鞘に納刀する。

ちなみに、アーネストくんの剣術は理詰めで、稽古も理論的な説明が多い。対して紅蓮さんは感覚で動くことが多く、稽古の内容も同様だ。

私がなぜ負けたのかも、紅蓮さんは説明してくれない。

でも、いままでに受けたアーネストくんの説明もあって、なんとなく分かる気がした。おそらく、紅蓮さんが見せた隙はニセモノ。彼は目に汗が入って動揺した振りをしたのだ。

つまり私は、彼の誘いにまんまと引っ掛けられてしまったという訳だ。

「手も足も出ませんでした」

「こう見えても、俺は伊織さんに分隊長を任されている中尉だぞ。初めて刀を持ったレティシアの嬢ちゃんに負けてたまるかよ」

「もちろん、私も勝てるとは思っていませんが……」

私だって戦場に身を置いていた者だ。勝てずとも、もう少し粘るくらいは出来ると思っていた。しょんぼりと落ち込んでいると、紅蓮さんがちらりと私を見た。

「まぁ、その、なんだ。剣術は未熟だが、反応速度は悪くない。というかよすぎるくらいだ」

「あぁそれは、紅蓮さん達と同じ理由だと思います」

聖女の術や魔術を封じられている私だけど、スキルの類いは封じられていない。なので、身体能力が上がる常時発動型《パッシブ》のスキルなどは発動したままなのだ。

ゆえに、全盛期ほどではないにしても、見た目よりは身体能力が高い。

そして、紅蓮さんの身体能力も非常に高い。この世界で魔術と呼べるのは巫女の術くらいのはずなので、紅蓮さんの身体能力が高いのはスキルの類いだろう。

そう思っての発言だったのだけど、それは彼の思わぬ反応を引き起こした。

「嬢ちゃん、まさか、アレを飲んでるのか⁉」

「え、アレ……ですか？」

常時発動型《パッシブ》のスキルではないらしい。

もしかして、紅蓮さんは強化系のポーションを使用しているのだろうか？　でも、この世界にポーションはなかったはずだと首を傾げていると、紅蓮さんはさっと視線を外した。

「……いや、なんでもない。俺の勘違いだ」

「いえ、私のほうこそなんかすみません」

よく分からないけど、失言だったようだ。私としてもあまり深入りされたくない話題なので、そのまま口を閉ざす。紅蓮さんも沈黙し、二人のあいだに気まずい空気が流れた。

そこに、少し離れた場所から見学していたアーネストくんが近付いてきた。

「お疲れ様です、レティシアさん、なかなかいい動きでしたよ」

励ましてくれるアーネストくんがいい子すぎる。

「ありがとう、アーネストくん。でもまだまだだよ。紅蓮さんの誘いに乗せられちゃった」

「紅蓮さんは野性的な剣術を使ってきますからね」

「あん？　誰の剣術が野蛮だって？」

「そんなことは言ってません。野性的で厄介だって言ってるんです」

紅蓮さんの軽口に、アーネストくんが事もなげに言い返した。

大人しそうなアーネストくんと、やんちゃそうな紅蓮さん。対照的な二人だけど、いつも一緒にいてこんなふうに軽口を叩き合っている。

仲がいいなぁと思いながら、私は受け取ったタオルで顔の汗を拭った。

「……あ」

「レティシアさん、どうかしましたか？」

「うぅん、このタオル、アーネストくんの匂いがするね」

「えっ⁉　す、すみません、ちゃんと洗濯したはずなんですが……って、どうしてまた汗を拭いているんですかっ！　か、返してください！」

アーネストくんが真っ赤になって私からタオルを取り上げようとする。その姿が可愛らしくて、私は「冗談だよ」と笑ってタオルを返した。

「うぅ……レティシアさんって意外にイジワルですよね？」

「ふふ、ごめんね？」

「いえ、その……いいですけど。……嫌な匂いじゃなかったですか？」

小声で付け加えるアーネストくんが可愛らしい。

私は「嫌な匂いじゃなかったよ」とクスクスと笑った。

「なぁレティシアの嬢ちゃん」

「はい、なんですか――って、紅蓮さん⁉」

紅蓮さんへ視線を移した私は思わず目を見張った。いつの間にか、彼は軍服のシャツを脱ぎ捨て、上半身裸で汗を拭っていたからだ。

「ぐ、紅蓮さん、レティシアさんの前でなにやってるんですか⁉」

「なにって、汗を拭いてるに決まってんだろ」

「そうじゃなくて、女性の前ですよ⁉」

まったくもってその通りだよ！　と思いつつも、私は紅蓮さんに視線を向けてしまう。服の上からでも分かってはいたけれど、彼の身体はとても鍛えられている。

腹筋は当然のように割れているし、肉体美という言葉がよく似合う体付きをしていた。

「なんだよ、アーネストはいちいちうるせぇな。嬢ちゃんは気にしねぇよな？」

「いえ、その、刺激が強いのはたしかですが……」

「あん？　そうなのか？　それは、すまなかったな」

さり気なく視線を逸らすと、紅蓮さんは背中を向けて軍服を着なおした。

「ところで紅蓮さん。さっき、なにか言いかけませんでしたか？」

「ん？　あぁ……そうだったな。嬢ちゃんがどうして剣術を習いたいなんて言い出したのか、少し気になってな。まさか、妖魔と戦うつもりなのか？」

「いえ、あくまで興味本位です」

先日、紅蓮さんに斬り掛かられて対応できなかった。それがわりとショックだったのだ。だから、刀の戦い方に興味を示した。それが訓練に参加した理由。

「興味本位ねぇ……生兵法は大怪我のもとなんだがなぁ」

「紅蓮さん、レティシアさんは筋がいいですよ」

アーネストくんがフォローを入れてくれる。

「それは俺も分かってる。だが……それが原因だろ？」

紅蓮さんの視線が私の手首に嵌められている魔封じの手枷へと向けられた。

「そう、ですね。やはり対応が遅れていますよね」

魔封じの手枷は、聖女の術や魔術を封じているが、それを抜きにしても純粋に重い。やはり、素早さという観点ではワンテンポ遅れてしまうのは隠せないようだ。

「まぁ自覚があるならいい。嬢ちゃんはあんまり無理するなよ」

「……私は、ですか？」

まさか、紅蓮さんはなにか無理をする予定なんですか？　と、ジト目を向けた。

「俺じゃねぇよ。ついに、巫女様の初陣《ういじん》が決まったらしいぜ」

「初陣……どこかを攻めるんですか？」

というか、妖魔に支配されているような地域があるのだろうかと首を傾げた。

「大きな声じゃ言えないが、帝都から少し離れた村に複数の妖魔が出没しているらしい。特務第一大隊の連中を率いた巫女様が、その村の妖魔を討伐するそうだぜ」

「巫女を連れて行かなければならないほど強力な妖魔がいるのですか？」

「いや、そういった報告はない。ただ、巫女様は妖魔を見つける術を身に付けたらしい。だから、村に潜む妖魔を発見するために同行するようだ」

「そうですか、それで……」

美琴さんは着実に実力を伸ばしているようだ。

とはいえ、よく訓練された兵士でも初陣は冷静じゃいられない。ましてや、美琴さんはものすごく大人しそうな、虫も殺したことがなさそうな女の子だった。

初陣は相当な不安があるだろう――と、心配する気持ちが顔に出ていたのだろう。アーネストくんが「大丈夫ですよ」と口を開く。

「特務第一大隊の人達も、大事な巫女様を危険に晒したりはしないはずです」

「まぁそうだな。あそこの副隊長が伊織さんに突っかかってくるのは気にくわねぇが、正規の特務大隊ってだけあって、腕も装備も一級だからな」

「第一大隊の副隊長というと、井上さんのことですよね？　雨宮様に突っかかってくるというのはどういうことですか？　向こうの隊長が、特務第八大隊のことを見下しているというのは聞いたことがありますが……」

「あぁ、あそこの隊長は酷いな。それと違って、副隊長のほうは……なんというか、個人的な因縁《いんねん》？　みたいなのがあるらしい」

「あるらしい、って。有名じゃないですか」

アーネストくんは溜め息をついて、それから私へと身体を向けた。

「レティシアさんは、伊織副隊長が公爵家の長男だってことは知っていますか？」

「え、そうだったんだ」

この国では少し違うそうだけど、故郷の国では、公爵といえば王族の血を引く者達だ。

まさか、雨宮様がそんなに高貴な生まれだとは知らなかった。

「そして、特務第一大隊の井上副隊長もまた、井上公爵家の長男です。二人は似た境遇の人間として親しかったそうです。ですが……」

「あぁ、伊織さんが特務第八大隊に志願したから、か」

紅蓮さんは合点《がてん》がいったとばかりに頷くけれど、私はさっぱり分からない。「どういうことなの？」と、アーネストくんに向かって問い掛ける。

「特務第八大隊に志願したことで、伊織副隊長は次期公爵の地位を失ったそうです。特務第八大隊は正規軍とは言い難いですからね」

「なにそれ？　人々を護《まも》る職に就くことが、公爵家の汚点になるってこと？」

信じられないと眉をひそめると、アーネストくんは少しだけ寂しげに笑った。

「みんながみんな、レティシアさんみたいな考え方なら、伊織副隊長も次期公爵のままでいられたかもしれませんね。でも、特務第八大隊はそういう部隊なんです」

はぐれ者の集まり。

以前は軽く流していた言葉が、ここに来て重くのし掛かってくる。国のために戦っているのに国から疎《うと》まれる。その状況が、かつての自分と重なって見えた。

俯いた私の前で、アーネストくんが咳払いをする。

「とにかく、その頃からだそうですよ。伊織副隊長と井上副隊長の仲が悪くなったのは。井上副隊長は、伊織副隊長に考え直せと迫っていたそうですから」

「そう、なんだ……」

巫女召喚の儀で彼に言われたことを思い出す。

井上さんはあのとき、伊織という馬鹿を頼れといった主旨の言葉を私に投げかけた。馬鹿と表現しながらも、雨宮様を名前で呼び、頼れる人間だと口にしたのだ。

本当に見下して嫌っているのなら、そんな言葉は出てこないはずだ。いろいろと事情があるのかもしれない。……隊長のほうは、どう考えても嫌な人だったけど。

――と、そんなふうに過ごしたある日の深夜。

特務第一大隊からの救援要請が、特務第八大隊の下に舞い込んだ。

7

彼女の名前は月宮《つきみや》美琴。

父は神主で、母は元巫女という、少しだけ珍しい家に生まれた女子高生だ。

美琴に愛情を注いでくれた母親は早くに亡くなっている。そして父は、神主としては尊敬に値する人物だったが――父親としては最低だった。

自分に都合の悪いことがあればすぐに、「誰のおかげで生活できていると思っているんだ」と詰め寄ってくる。物事が自分の思い通りにならなければ気が済まない男だったのだ。

だから、美琴は高校を卒業すると同時に家を出て、親の力を借りずに暮らす予定だった。だけど、父は実家である神社のためだと言って、美琴に望まぬ結婚をさせようとした。

そんなお見合いの当日だった。美琴が大正時代に逆行召喚されてしまったのは。

ちなみに、逆行と言うと、少し語弊があるかもしれない。

美琴が暮らしていたのは日本という国の、令和という時代。

なので、大正時代はおよそ百年ほど過去に逆行したことになるのだが、この国の名前は大日本帝国ではなく、神聖大日本帝国と呼ばれていて、美琴の知る大正時代とは少し違う。

とくに妖魔や、それに対抗する組織の存在。それに巫女召喚の儀で、遠く離れた地にいる人間を呼んでしまう魔術じみた力は、美琴が暮らしていた世界にはなかったものだ。

そういう意味では、異世界に召喚されたと表現したほうがいいかもしれない。

なにより――


「一緒に召喚された女の人……絶対、あっちが本物の巫女だよね」


美琴はそう信じて疑わなかった。

高校生だった彼女は、普段からそれなりにライトノベルやゲームを嗜んでいた。その中には、異世界から聖女や巫女として召喚される女の子の物語が多く存在する。

その王道パターンの一つに、一人しか召喚されるはずのない儀式で、二人召喚されてしまうという展開がある。そして片方は最初から本物と認定され、もう片方はなんらかの理由で役立たずのように扱われる。そうして虐《しいた》げられたほうが本物で大逆転、といった展開だ。

その展開と、美琴が巫女に認定されたときの状況が非常によく似ている。という理由で、美琴は自分が巫女であることに疑問を抱いていた。

とはいえ、物語でそういう展開が多いのは、逆転劇のほうが受けがいいというだけの話。

現実が、物語のように劇的であるとは限らない。現実がときに物語よりも劇的に思えるのは、それが偶然によって生み出された奇跡だからである――と、閑話休題。

とにもかくにも、美琴は本物の巫女である。だが、それを知り得ない美琴は、自分が巫女であることに疑問を抱いていた。

だけど、巫女としての能力が疑われれば、特務第一大隊から放り出されるかもしれない。そんな不安によって、彼女は自分が巫女ではないかもしれないと言い出せないでいた。

そうして、不安を抱きながら、必死に能力を発現させる訓練を受ける。

神事によって様々な結界を張り、神楽舞で味方の能力を向上させる。実家の神社で巫女のバイトをしていた彼女にとって、巫女がおこなう神楽舞や祝詞などの神事は身近なものだった。

すぐに儀式を覚えた彼女は、巫女としての能力の発現に成功する。

その結果、美琴が本物の巫女であることが証明された。

このことには、他ならぬ美琴自身が一番安堵した。

一方で、自分が本物だと分かって安堵すると同時、レティシアのことが心配になる。現実が物語のように劇的ではなく非情であるならば、彼女はなんの力もない一般人だ。

巫女という地位を持つ自分ですら不安なのに、なんの地位もない彼女は、一体どれだけ不安な日々を送っているのだろうか、と思ったのだ。

そして、事態は一転する。

耳に入ったのは、レティシアが妖魔と遭遇したときの情報だ。箝口令を敷かれていたようだが、高倉隊長が井上副隊長達と話しているのを聞いてしまったのだ。

それは、召喚の儀に巻き込まれた女性、つまりはレティシアが不思議な力を持っていて、特務第八大隊で重要な役割を果たしている――といった主旨の話だった。

それを聞いた美琴は、やはり自分は偽物で、レティシアこそが真の巫女なのかもしれないと思った。そして高倉隊長もまた、レティシアが本物の巫女で、美琴は紛い物かもしれないと慌てていた。そうして、美琴を巫女だと判断した井上副隊長を叱りつけたのだ。

もしも美琴が偽物だったら、二人纏めて処分してやる――と。

美琴はますます追い詰められた。

それでも不安に押し潰されずに済んだのは、井上副隊長がその地位を懸けて、美琴こそが本物の巫女であると断言してくれたからだ。

この頃には、彼は美琴にとっての心の拠《よ》り所になりつつあった。

だから――

特務第一大隊の敷地内に作られた稽古舞台。

巫女服に身を包んだ美琴は、日が暮れるまで鈴を持って神楽舞を舞っていた。

背筋をピンと伸ばし、すり足で舞台の上を歩く。一歩目はゆっくりと。二歩目で加速して滑るように舞台の上を移動すれば、ぎゅっと身体の内に力を溜めるように止まる。

そして、その動作を次の所作の一歩目に繋げて移動を開始する。

それを繰り返して優雅に舞う。

序破急の概念を体現した彼女は、見る者を惹《ひ》き付ける華がある。夕日を浴びる彼女は神々《こうごう》しく、稽古舞台が神秘的な気配に包まれていく。

彼女がリィンと鈴を鳴らせば、舞台を中心に破邪の力が広がっていく。

どれくらい稽古を続けていただろう？　美琴はふぅっと息を吐き、額に浮かんだ汗を袂から取り出したタオルで拭う。そこに、パチパチと拍手の音が鳴った。

美琴が驚いて振り向けば、特務第一大隊の井上副隊長の姿があった。

「い、井上さん、いつから見ていたんですか？」

「途中からだ。よく訓練に励んでいるな」

「ありがとうございます。でも、まだ初歩の術しか使えないのでもっともっと頑張ります」

「……そうか」

井上がわずかに憂い顔を見せた。

「なにか、ありましたか？」

「実は、大本営より命令が下った。巫女殿に華々しい初陣を飾らせろ、と。急な実戦に不安はあると思うが、出撃に応じてくれないだろうか？」

「分かりました。私、頑張ります！」

井上の頼みを、美琴は二つ返事で引き受けた。

平和な日本で生まれ育った美琴は、危険に対して臆病な反応を取ることが多かった。そんな彼女が応じることに驚いたのか、井上は何度も瞬いた。

「ありがたいが……大丈夫なのか？」

「ホントはすごく不安です。でも、私が応じないと、井上さんが困るんですよね？」

「いや、そんなことは……」

「私、知ってます。高倉隊長が、私が本物の巫女かどうか疑ってること。でも、井上さんが庇ってくれてるんですよね？」

「……盗み聞きは感心しないな」

咎めるような面持ち。

でも、聞いてしまったのは偶然だ。というか、道の真ん中で怒鳴る高倉隊長が悪い。そう開き直った美琴は、まっすぐに井上副隊長を見つめた。

「私は、井上さんの信頼に応えたいんです」

「信頼もなにも、巫女殿が力を証明したのは事実だからな。それに、こちらの勝手で召喚したのだから、その立場を守るのは軍人として当然の役目だ」

「普通の人は、そんなふうに義理堅くないですよ。井上さんが優しいから、私もその恩を返したいって思うんです。だから、巫女としての私が必要なら、遠慮なんかしないでください」

美琴はそう言って不器用に笑った。本人は隠しているつもりだろうが、巫女としての衣装、緋の袴を握り締める手の袖が小刻みに波打っている。

強がってはいても、戦場におもむけと言われて平気でいられるはずがない。美琴は平和な日本で生まれ育った、普通の女子高生なのだから。

そして、井上副隊長は朴念仁ではあるが、同時に多くの部下を従える副隊長でもある。そんな彼が、美琴が不安を押し殺し、自分のために無理をしていることに気付かないはずはなかった。

井上副隊長は刀の鞘を裏返し、少しだけ刀身を引き抜いた。

「い、井上さん？」

「巫女殿も護身用の短刀があるだろう？　同じように抜いてくれ」

「え、え、こう、ですか……？」

戸惑う美琴は井上副隊長の真似をして短刀を少しだけ鞘から引き抜く。互いに峰を相手に向けた状況、井上副隊長が刀の峰を、美琴が持つ短刀の峰に打ち合わせた。

武士が決して破らぬ誓いを立てるときにおこなう、金打《きんちょう》という行為だ。

「巫女殿、私が巫女殿を護衛する。たとえどのような脅威があろうとも、この身に代えても巫女殿を護る。だから、安心して欲しい」

「……井上さん」

美琴は金打という行為を知らない。それがどれだけ重い誓いなのかも。だが、井上副隊長が心の底から約束してくれていることは理解した。

だから――と、真っ赤な夕日の下で、美琴は小さく頷いた。

「この時代に来てから、不安なことばかりです。でも、井上さんが助けてくれているから、私はここまで頑張ってこれました。これからも、私は井上さんを信じます」

「ああ、必ずやその信頼に応えると約束しよう」

こうして、美琴の初陣が決まった。

その初陣が決まった背景を少しだけ語ろう。

美琴はまだ未熟で、実戦に参加できるほどの実力はないが、民衆は巫女が召喚されたことを知っていて、出来るだけ早く巫女の力を喧伝《けんでん》する必要があった。ゆえに、高倉隊長が率いる特務第一師団が、巫女を伴って出撃することになったのだ。

だが、大本営は無能の集まりではない。

大本営が求めるのは、巫女がこの世界を救うに足る存在だと民衆に知らしめること。華々しい戦果を望んでいるのではなく、華々しく見える戦果を望んでいるだけだった。

つまり、入念な下調べをおこない、すべてをお膳立てした上で、巫女に手柄を立てさせるだけのお仕事。下調べが大変なだけで、任務自体は簡単なはず――だったのだ。

高倉隊長が基本的な調査さえ、怠ることがなければ。

「高倉隊長、どうか調査を命じてください」

「事前調査は必要ないと言った」

「ですが、事前調査は基本中の基本。ましてや、このたびの任務は巫女殿の初陣を飾る大事な任務です。万が一をなくすためにも、事前の調査はおこなうべきです」

「黙れ、井上。巫女が本物ならば、そのような調査は必要ない！　それともおまえは、あの巫女が偽物だと言うつもりか？　おまえが、あの娘を巫女だと言ったのではないか！」

「彼女が巫女であることは間違いありません。ですが、経験不足もまた事実で――」

「黙れと言ったはずだ。これ以上、わしの決定に文句を付けるのなら任務から外すぞ」

「……申し訳ありません」

こうして、特務第一大隊はたいした情報も持たずに、妖魔が出没する村へと向かうことになった。そして、現地に到着した美琴が巫女の術を使った瞬間、予想外のことが起こった。

巫女の術は正しく発動し、けれど村に潜む妖魔を見つけることは出来なかった。

なぜなら、その村に潜む妖魔は存在しなかった。

その村の住人すべてが妖魔だったからだ。

エピソード3

自由に生きるために

1

自室のベッドで眠っていた私は、扉を控えめに叩く音に意識を覚醒させた。それと同時に掛《か》け布団《ぶとん》を撥《は》ね除《の》けてベッドから降り立つ。

ここまでが、長らく戦場に身を置いていた私が身に付けた条件反射。比較的安全なこの帝都で暮らしていても、こういった習慣は抜けきらない。

でも、ここは危険な戦場じゃない。そのことを思い出した私は深呼吸を一つ。落ち着いて周囲を見回した。窓から差し込む月明かりが、微《かす》かに部屋を照らしている。

いまは紛れもない夜更《よふ》け。

襲撃ではなくとも、こんな夜更けに来訪なんてただごとではないと、異空間収納から聖剣を取り出す。召喚される直前まで使っていた聖剣は失ってしまったので、これはその予備である。

その聖剣をいつでも鞘から抜けるようにして扉へと駆け寄った。

「……どなたですか？」

「レティシア、緊急事態だ。すまないが開けてくれ」

扉越しに聞こえてきたのは雨宮様の声だった。

「雨宮様？　こんな夜更けにどうなさったのですか？」

驚いて扉を開けると、薄暗い廊下に雨宮様が立っていた。私は雨宮様から視線を外し、廊下の闇に誰かが潜んでいないか警戒する。

雨宮様に限ってとは思うけど、魔族が私の警戒心を突破するために、一般人を脅して扉を開けさせる――ということが過去にあったのだ。

けれど、周囲に他の人の気配はない。雨宮様は一人で訪ねてきたようだ。

つまり、こんな夜更けにどうなさったのですか? という最初の質問に戻る訳なのだけど、雨宮様の反応がない。というか、彼はなぜか全力でそっぽを向いていた。

「……雨宮様?」

「レ、レティシア、おまえっ、なんて格好をしているんだ⁉」

言われて自分の姿を見下ろす。

戦場に身を置いていた頃は、いつ戦闘になっても困らないように、いつだって聖女の衣を身に纏っていた。だけど比較的安全な帝都では、普通の女の子らしい服装を楽しんでいる。

つまり、いまの私が身に付けているのは――パジャマ代わりのネグリジェだった。

「し、失礼いたしました」

扉を半分以上閉めて、身体をその陰に隠す。異空間収納に聖剣をしまい、代わりに取り出した上着を羽織り、私はドアの隙間から顔だけをちょこんと覗かせた。

「それで、どういったご用件でしょうか?」

その問い掛けを切っ掛けに、雨宮様が真剣な面持ちになる。

「特務第一大隊より救援要請が入った」

「美琴さんになにかあったのですか⁉」

美琴さんの身を案じて扉の隙間から身を乗り出す。雨宮様が視線を逸らしたことに気付いたけど、いまはそんなことを気にしている場合じゃない。

私は沸き上がる羞恥心を押さえ込んで話を続ける。

「美琴さんは、特務第一大隊の方々はご無事なのですか？」

「報告の時点では無事のようだ。だが、マズい状況下にある。救援部隊を編成しているところだが、その件でおまえに相談がある。着替えて司令室に来てくれ」

かしこまりましたと扉を閉めた私はネグリジェを脱ぎ捨てた。続けて、着替えを用意するために、異空間収納に手を差し入れ――そこで動きを止めた。

女中として働く私には、着物にエプロンという制服が支給されている。女中としての私が呼ばれているのなら、女中の制服を身に着けるべきだ。

だが、今回は女中として呼ばれた訳ではない。

つまり、普段着で問題ないはずだ。そう思って、普段使いにしているシンプルなワンピースを取り出した私は、やはり着替えるのを躊躇する。

私はもう一度だけ迷い、最後に一番着慣れている白い衣を取り出した。

「お待たせいたしました」

司令室に足を踏み入れる。

深夜であるにもかかわらず、電球の明かりで煌々と照らされた司令室。

そこには雨宮様だけでなく、笹木大佐様や、紅蓮さん、それにアーネストくんがいた。彼らは私の来訪を知らなかったのか、意図を問いただすように雨宮様を見た。

雨宮様はそれらの視線を黙殺し「来たか――」と私に話しかけた。

「さっそくだが現在の状況を伝える。さきほど、特務第一大隊から我らに対して救援要請があった。巫女の術を使って妖魔を探した際、住人がすべて妖魔化したそうだ」

「村の住人すべてが妖魔化、ですか？　それで、特務第一大隊の方々はどういった状況にあるのですか？　無事だとは聞きましたが、好ましくない状況下にあるんですよね？」

衝撃の事実に、質問を重ねてしまった。焦ってはいけないと思うほどに焦りが募る。

「落ち着け。一つずつ答えよう。まず、住人すべてが妖魔化したのは事実だ。その場で妖魔化したのか、既に妖魔となった者が人間の振りをしていたのかはこの時点では不明だ」

「では、特務第一大隊の方々は？」

「後方に控えていた通信兵によると、小隊規模の本隊が巫女を連れて村近くの鉱山の坑道に籠《ろう》城《じょう》しているらしい。被害も少なくなく、負傷者がいてその場から動くことが出来ないそうだ」

「籠城、ですか？」

籠城で膠着《こうちゃく》状態に陥っているのなら少しの猶予はあるはずだ。だけど、相手が意思なき魔物であれば、そのような状態に陥ることはない。

膠着状態に陥っているとすれば——

「意外にも、妖魔側には力押しをするつもりはないようだ」

「……やはり、そうですか」

妖魔に戦術の概念があるという意味だ。

下手をすれば、戦略の概念すら持っているのかもしれない。

前者の観点で考えれば、籠城している者達が疲弊するのを待っているのだろう。だが後者の観点で考えていた場合、これが救援部隊を待ち構える罠《わな》である可能性も否定できない。

そして警戒するべきなのは敵だけではない。

「……さきほど、特務第一大隊から救援要請があったとおっしゃいましたが、なぜ特務第八大隊に要請が？　相当数の兵力が残っているはずですよね？」

大隊とはおよそ数百人から千人くらいの規模で編成される部隊だ。

通常の大隊は単一の兵種で、連隊などの指揮下にある。だが、特務大隊は独自の指揮権を持つ独立大隊として機能しており、その兵種も様々で規模が大きい。

本隊が小隊規模ならば、相当数の兵が残っているはずだ。なのに、特務第八大隊に救援要請が来るのはなぜかと問えば、雨宮様はものすごくなにか言いたげな顔をした。

「……なんですか？」

「いや、おまえは軍部の事情にも詳しいのだな？」

「この国の事情は知りませんでしたが、故郷の軍部のことは知っていますので」

「なるほど。おまえの疑問はもっともだが……」

雨宮様が言葉を濁した。

「機密に関わることなら聞きませんが……？」

「いや、そうではないのだが……」

「特務第一大隊の隊長がやらかしたんだよ」

言い淀《よど》む雨宮様の代わりに、紅蓮さんが吐き捨てるように言った。雨宮様は言ってしまったかという顔をして、それから「紅蓮の言う通りだ」と続けた。

「高倉隊長殿が、巫女の力を喧伝するという名目で、二個小隊規模にもかかわらず、将官クラスの人間をわんさか引き連れて出撃したんだ。そのせいで、帝都にいる特務第一大隊はいま、機能不全に陥っている」

「それはまた……」

隊長が愚かだと部下が苦労する、という言葉はかろうじて飲み込んだ。

お粗末な理由だけど、特務第八大隊に救援要請が来たのも無理はない。任務失敗の責任を擦《なす》り付けるために、特務第八大隊を呼んだのでは？　というのは杞憂《きゆう》だったようだ。

とにかく、ピンチなのは事実のようだ。救出に成功すれば、あの偉そうな隊長の鼻を明かし、第一大隊に貸しを作ることが出来る絶好の機会だ。美琴さんのことは心配だけど、虐げられてきた特務第八大隊にとってはチャンスとも言えるだろう。

「事情は分かりました。それで、なぜ私が呼ばれたのですか？」

「そのことだが、妖魔化と似た現象をよく知るおまえに意見を聞かせて欲しい」

「意見、ですか？」

「ああ。村の住人がまるごと妖魔化するようなことがあり得るのか？」

「……妖魔化が魔物化と同じならあり得ます。村に瘴気溜りが発生した場合などに」

あると答えた私に、雨宮様が眉を動かした。

「その場合、一斉に妖魔化することがあるのか？」

「可能性の上では、ないと言い切れません」

魔物化の最後のトリガーとなるのは負の感情である。

濃密な瘴気が発生し、短期間で村人の妖石が汚染されたと仮定する。その上で、巫女の術によって隣人の妖魔化が暴かれ、恐怖という名のトリガーを引いた可能性はある。

「ならば、これは不幸な事故、ということか？」

「……いいえ、それは分かりません。村に瘴気溜りが発生したのが原因として、それほどの瘴気が発生したのはなぜか？　という疑問が残ります。何者かが関わっている可能性はあるでしょう」

「そう、か。問題は、どこの勢力か、だな」

雨宮様の呟きに私は首を傾《かたむ》けた。

いまの一連の会話で私は、策を弄する妖魔――魔物でいうところの上位種、魔族のような存在が、村に瘴気を撒《ま》き散《ち》らした――といった可能性を考えた。

だけど、雨宮様の口ぶりはまるで、人間を警戒しているようだ。

「……雨宮様は、これが帝国に徒《あだ》なす人間の仕業だと思っているのですか？　私は、これが知能の高い妖魔の仕業だと思ったのですが……」

「知能の高い妖魔、だと？」

「はい。故郷には、知能の高い魔物――魔族が存在していました」

「……魔族、か。そういった可能性は想像していなかったな」

雨宮様は自嘲するように口元を歪めた。彼は私の話を聞いてなお、人間の仕業である可能性を疑っているようだ。なにか、私の知らない情報を持っているのかもしれない。

「なぜ人間の仕業だと思うのですか？　妖魔化の原理も解明されていないようですし、人為的に妖魔化させる方法を知る者がいるとは思えないのですが……」

魔物化を人為的に起こす方法が、あるかないかで言えば、ある。瘴気溜りは人為的に操作できずとも、瘴気を多分に含んだ作物を与えることで、人為的に魔物化を進めることは不可能じゃない。

でも、私がその報告を上げてからそれほど日が経っていない。誰かが悪用するとしても、時期的に見て今回の一件とは無関係だ。

そう指摘すれば、司令室に気まずい空気が流れた。

この反応、つまりはそういうことなのだろう。

私が報告するよりも前から、なんらかの方法を知っていた、ということだ。思い返せば、いくつか心当たりはある。けど、安易に立ち入ってよい話でもないだろう。

そう判断した私は、その可能性に気付かないフリをした。

「伊織さん、いま話し合うべきなのは、住人すべてが妖魔になった村にどう対処するかじゃないのかよ？　妖魔を殲滅《せんめつ》しなきゃ、巫女を救出できないだろ？」

「そうです。手遅れになる前に、特務第一大隊の救出に向かいましょう！」

話題を変えた雨宮様にアーネストくんが続く。

だけど、笹木大佐様がそれを遮った。

「伊織の危惧が核心を突いているのなら事はそう簡単にはいかない。待ち伏せ程度で済めばいいが、場合によっては陽動という可能性もあり得るからな」

「そうだな。俺なら……この期に帝都を狙う」

紅蓮さんとアーネストくんがハッとした。

いま、特務第一大隊は機能不全に陥っている。それに加えて特務第八大隊が大部隊を率いて救援に向かえば、帝都の護りに穴が空いてしまう。

今回の一件が妖魔の企《たくら》みならば、陽動の可能性を切り捨てることは出来ない。

その認識を共有したところで、笹木大佐様が顎をさすった。

「しかしな、伊織。いくら陽動だったとしても、巫女を見捨てる訳にはいかないぞ？」

「当然だ。だから、中隊規模で任務を遂行する」

「中隊規模、だと？　たしかに、帝都の護りを考えれば、動かせる部隊はその程度だが、村の住人がすべて妖魔なのだぞ？　それを中隊規模で殲滅できるのか？」

「殲滅できれば理想だが、要請は巫女とその随行部隊の救出だ。無理に妖魔を殲滅する必要はないだろう。無論、可能なら殲滅するつもりではいるが、な」

「……なるほど。ならば救出部隊は私が率いよう。伊織は非常時に備えて帝都に残ってくれ」

「いや、俺では帝都に残る特務第一大隊を動かせない。帝都には達次朗の大佐殿が残って、特務第一大隊に働きかけ、帝都の護りを固めてくれ」

「……いいだろう。では、救出部隊は伊織が率いろ」

笹木大佐様の同意を得て、雨宮様はすぐに部隊編成の指示を出す。

雨宮様を隊長に、四つの小隊からなる中隊規模の部隊。雨宮様が二つの小隊を直属に置き、残りの二つはそれぞれ、紅蓮さんとアーネストくんが率いることになった。

「夜明けには現地に到着するよう、深夜のうちに出発する。付近までは車で向かうが、村は山の麓にあり、最後は徒歩となる。それを考慮した上で可能な限りの装備を準備しろ！」

「「――はっ！」」

敬礼をして、紅蓮さんとアーネストくんが駆けていった。残された私は雨宮様に視線を向けた。話があったからなのだけど、雨宮様は私が口を開く前に言葉を発した。

「レティシア、協力に感謝する」

そう言って彼は立ち去ろうとした。私はその背中を慌てて引き止める。

「待ってください。私も、連れて行ってください」

「なにを馬鹿なことを！」

「一人でも犠牲者を減らすために、私の力が必要でしょう？」

「最初からそのつもりで、そのような戦装束に身を包んできたのか？」

彼は私の服装に視線を向けた。私が身に付けるのは、白を基調とした聖女の衣。聖女としての威厳を保ちつつも、戦場で立ち回ることを考慮したデザイン。

私にとっての戦闘服だ。

「スピードを重視するのなら、私の異空間収納が役に立ちます」

「……だが、おまえは軍に所属するのは嫌だと言ったではないか」

「それはそう、なんですけどね」

美琴さんを失えば、魔石を浄化する手段が失われ、彩花の傷痕を消す手段も失われる。それはつまり、私は戦う術を失い、平和な日常を得ることも出来ない、ということだ。

戦う道を選ぶにしても、戦いから逃げて平和な日常を選ぶにしても、そして個人の心情としても、ここで美琴さんを見捨てるという選択はあり得ない。

だから――

「お願いします、雨宮様。私も協力させてください」

2

雨宮様は迷った末に私の申し出を受け入れた。そうして私を武器庫へと連れて行くと、そこにある兵装を異空間収納に収納するように言った。

私は言われるがまま、そこにある兵装を片っ端から収納していく。その収納量に雨宮様が絶句していたけれど、いまは気にしている場合じゃない。

最終的には、医療品や食料も詰めて作業は終了した。

その後、私は雨宮様に連れられて司令部にある表玄関へと足を運んだ。玄関前には、ずらりと軍用車が並んでいる。

雨宮様に気付いたアーネストくんが、部下達への指示を止めて駆け寄ってきた。

「伊織副隊長、兵装の選別が完了いたしました。後は可能な限り、食料と医療品を積み込む予定です。食料は何日分用意いたしましょう」

「ご苦労だった。食料と医療品の用意は必要ない」

「え？　現地で調達するつもりですか？　妖魔に支配された村にまともな食料があるか分かりませんし、医療品はそもそも存在するか分かりませんよ？」

「問題ない。彼女の異空間収納に収納済みだ」

雨宮様が私の背中を押した。

私が一歩前に出ることで、アーネストくんも私の存在に気が付いた。

「まさか、レティシアさんを同行させるつもりですか？」

「いまは少しでも時間が惜しい。彼女の異空間収納の有用性を知って、使わない理由はないだろう？　周囲には、妖魔に詳しい人間を同行させると周知しろ」

「……レティシアさんは納得しているのですか？」

アーネストくんが気遣うような視線を私に向ける。だから私は「これは私が望んだことだから大丈夫だよ」と微笑んだ。

しばし私の目を見ていた彼は、ふっと視線を外して小さな溜め息を吐く。

「分かりました。すぐに出撃準備をします」

アーネストくんは再び兵士達に指示を出す。それを見守っていると、途中から話を聞いていたらしい紅蓮さんが詰め寄ってきた。

「おい、レティシアの嬢ちゃん。本気で戦いに参加するつもりなのか？」

「戦うつもりじゃなくて、現地まで同行するだけですよ」

「そんなの、同じじゃなくねぇか！」

紅蓮さんが声を荒らげた。

前も思ったけど、紅蓮さんは私が戦場に身を投じることに忌避感があるみたいだ。きっと、彼を庇って亡くなったお姉さんと私を重ねているのだろう。

どうやって説得するべきかな？　そんなふうに思っていたら、雨宮様が私の前に立った。

「紅蓮、レティシアはおまえの姉とは違う」

ストレートな物言いに思わず息を呑んだ。紅蓮さんは反射的になにかを言おうとして、だけどグッとその言葉を飲み込んだようだった。

紅蓮さんは拳を握り、絞り出すような声で応じる。

「それは……分かってる」

「ならば止めるな。彼女が自分の意思で決めたことだ」

「それは……」

気遣うような、それでいて咎めるような、様々な感情を湛《たた》えた赤い瞳が私を捉えた。その視線を私はまっすぐに受け止めた。

「邪魔になるつもりも、死ぬつもりもありません」

「……だが、嬢ちゃんに戦う理由はないはずだ」

「あのときはありませんでした。でも、いまはあります。だから、私も戦います」

彩花の傷を治すため、私の心配をしてくれた美琴さんを助けるため、私に居場所をくれた特務第八大隊のみんなを助けるため。そのために戦うという想いを込めてまっすぐに見れば、彼は小さく溜め息を吐いた。

「……そうか。嬢ちゃんの決意が固いなら、もう止めたりはしない。だが、無茶するんじゃねぇぞ。困ったら俺を頼れ。必ず、助けてやるからよ」

「ありがとうございます。困ったら頼らせてもらいますね」

自然と浮かんだ笑顔で感謝の言葉を返す。彼は照れたようにそっぽを向いて、「準備をしてくる」と持ち場に戻っていった。

準備をする者達に視線を向けると、自分も戦場におもむくのだという実感がわいてくる。ここ数ヶ月は離れていた戦場の空気に触れ、私はわずかな緊張を抱いた。


それからほどなく、部隊は出撃する。

車でおよそ数時間を掛け、山の裾野へとたどり着いた。少し開けた場所に車を止め、雨宮様を始めとした中隊、およそ二〇〇名が一斉にそれぞれの車から降り立った。

私も雨宮様のエスコートで車から降りる。

帝都の郊外は道が舗装されておらず、踏み固められた砂利道が精々。馬車と比べれば遥かにマシとはいえ、ここまでの移動でお尻が痛い。地面に降り立った私は大きく伸びをした。

そうして辺りを見回しながら雨宮様に声を掛ける。

「くだんの村が見えないのですが、どの辺りですか？」

「村はあの辺り、山の麓にあるはずだ」

雨宮様が指をさしてくれる。木々が生い茂っていて視界が確保できないが、おおよその場所は把握出来た。徒歩で二十分といったところだろう。

雨宮様の号令の下、特務第八大隊の小隊は進軍を開始した。木々のあいだに伸びる緩やかな山道を登り、村の付近へと接近する。

しばらく山道を進むと、次第に空気が澱《よど》んでいった。この辺りの土地はたしかに瘴気に侵されている。それが聖女としての経験を持つ私にはハッキリと感じ取れた。

ここから先は妖魔の領域。瘴気をその身に纏う妖魔は力が増しているはずだ。

救出作戦は一筋縄ではいかないかもしれない。

「レティシアさん、どうかしましたか？」

私の様子がおかしいことに気付いたアーネストくんが並び掛けてくる。

「……アーネストくんは、なにも感じないの？」

「なんのことでしょう？　とくになにも感じませんが」

キョトンとした面持ち。ここまで瘴気が濃密だと、一般人でも不快感を抱いたりすることもあるのだけど、アーネストくんは特に変調をきたしていないようだ。それどころか、少し見回しても、私と同じような反応をしている隊員はいない。巫女を選別するネックレスがあるくらいだし、この部隊には瘴気に対する抵抗力の強い人達が集められているのかもしれない。

「なんだ、レティシアの嬢ちゃん。もうバテたのかよ？」

アーネストくんとのやりとりを聞いていたらしい紅蓮さんが声を掛けてくる。ぶっきらぼうな口調だけど、私の体力を心配してくれているのだろう。だから大丈夫だと笑ってみせた。

それからさり気なく会話を終わらせて、瘴気について報告するかどうかを考える。

この程度なら、隊員達がすぐに妖魔化するようなことにはならない。おそらくは数ヶ月以上、あるいは年単位の時間が必要になるだろう。

だけど、下手に報告したらパニックになるかもしれない。そう考えた私は、まずは指揮官に判断を仰ぐべきだと考え、雨宮様に瘴気のことを報告する。

「……瘴気だと？　待て、どうしてそのようなことが分かる？」

「それは経験によるものです。雨宮様も慣れれば分かるはずですよ」

巫女のような特別な存在にのみに許された技ではないことを強調する。

「俺にも分かる、だと？　……ふむ、この不快な空気が瘴気ということか？」

「あぁ、雨宮様にも分かりますか？　他の方が気付いていないようなので、もしかしたら、この世界の人間には感じ取れないのかと思いました」

私がそう言った瞬間、空気がピリッと張り詰めた。でもそれは一瞬で、雨宮様は「ならば、今回の妖魔の発生は自然現象ということか？」と会話を進める。

「少なくとも瘴気の発生に限れば、人間の引き起こした事態ではないと思います」

自然現象である可能性もあるけれど、魔族や魔王のように、上位の存在が引き起こした現象である可能性も否定できない。それに、切っ掛けがただの自然現象だったとしても、妖魔がそれを利用した可能性もある。

そういった話をすると、雨宮様は真剣な顔で考えに耽り始めた。

「ようするに、陽動である可能性が高くなった、という訳か。もっとも、最初から警戒していたことでもある。我らがやることに変更はなさそうだな」

「はい。それと、瘴気が濃い地域では、わずかながらにも妖魔の力が強くなる可能性があります。あくまで魔物と同じならばという話ですが、ご留意ください」

「そうか、忠告に感謝する」

雨宮様は私の話を元に、隊員達に周囲の警戒を促した。そうして警戒を厳にしながらの行軍は続き、ほどなくして村の入り口が見えてきた。

私達はそこで一度足を止めた。隊員が周囲を警戒する中、通信兵が籠城中の特務第一大隊に連絡を試みる。それを横目に、雨宮様が紅蓮さんへと視線を向けた。

「――紅蓮、巫女殿が避難しているという鉱山の入り口はどこだ？」

「特務第一大隊の連中から聞いた情報によると――あの辺り。ちょうど村から山へと続く道の先だな。あの木の陰辺りに入り口があるはずだ」

紅蓮さんが指差したのは村の反対側。周囲は険しい崖に囲まれていて、村を通らずにその場所にたどり着くのは難しそうだ。

「ずいぶんと険しい場所に村があるのですね」

「鉱山を掘るために集められた者達の村だからな」

私の呟きに答えてくれたのは雨宮様だ。

彼は私の問いに答えると、通信機を扱っている兵士に声を掛けた。

「通信兵、連絡は取れたか？」

「はい。巫女は無事ですが、やはり負傷者が多く、強行突破は難しいそうです」

「そうか、ご苦労。……強攻策が取れないとなると、仕方がない。紅蓮、それにアーネスト、第三、第四小隊を率いて、巫女達の救出に向かえ」

「崖を通って行くのか？　俺達はなんとかなるが……負傷者がいるんだろう？　撤退に手こずっているあいだに襲撃を受けたらひとたまりもないぜ」

紅蓮さんが眉を寄せた。

「そうだな。回復ポーションをいくつか持っていけ。それと……退路は心配するな。残りの者達で村を襲撃し、妖魔をこちらに引き付ける」

「おいおい。たった二個小隊で、村の住民を丸々、数百もの妖魔を相手にするつもりか？　そりゃ、いくら伊織さんでも無理ってものだぜ」

「無論、こちらは陽動だ。ただ、籠城に対して力押ししてないことを考えても、相手には知恵の回る妖魔がいるようだ。巫女が人質に取られる事態だけは阻止したい」

それを避けるための陽動作戦。

揺るぎない意思を持って、必ず成し遂げるとの意思を口にする。彼が自分の命を賭け、そして部下にも命を賭けろと言っていることが、否《いや》が応でも感じられた。

誰かがこくりと喉を鳴らした。

だが、次の瞬間、雨宮様がその緊張を自ら破り、心配するなと笑った。

「見ての通り、村へと続くまともな道はこの細道だけだ。ここで戦闘をするなら、妖魔の一斉攻撃を受けることはない。注意を引きつつ、時間を稼ぐことは可能だろう。それに――」

雨宮様の視線が私へと向けられる。彼がなにをしたいのか理解した私は、即座に「かしこまりました」と少し開けた場所に向かい、異空間収納にしまっていた物資を取り出す。

まずは、武器庫にあった大きな木箱を地面に置いた。

その瞬間、隊員から小さなざわめきが起こる。

私は続けて、二つ目の木箱を、最初に置いた木箱の隣に置く。その次は、木箱の上に重ねて設置。そうして次々に木箱を並べ、最終的に二十箱の木箱を空き地に並べた。

部隊員からは、隠しようもないほどのどよめきが上がっている。

「――静まれ」

雨宮様が刀を少し抜き、鍔鳴《つばな》りを響かせる。

その音が広がり、ざわめきが波のように引いていった。

「いま見たことは他言無用だ。彼女は善意で我らに協力してくれている。そのおかげで、我らは充実した兵装をもって敵に当たることが出来るのだ。にもかかわらず、その立役者である彼女に不利益をもたらそうとする不届き者がいたら俺が斬る。……分かったか？」

「「「――はっ！」」」

オルレア神聖王国における異空間収納は、便利な能力であっても唯一無二の能力ではなかった。だから、私にしか使えないということが、どれほどの価値を生み出しているか理解していなかった。

でも、いまならそれが分かる。

私だけが異空間収納を使えるという事実が、周囲にどういう影響を及ぼすか正しく理解している。なのに、隊員達はそんな感情をおくびにも出さない。

特務第八大隊ははぐれ者の集まりだなんて言われているけど、とてもそんなふうには思えない。彼ら特務第八大隊はよく訓練された、とても頼もしい部隊だ。

「さて……紅蓮、アーネスト、我らは三十分後に戦闘を開始する。それまでに、鉱山の入り口に可能な限り接近しておけ。巫女を救出後は、こちらに合流してもらうぞ」

「おう、任せとけ。伊織さんの期待に必ず応えてみせるぜ！」

「僕も、必ず任務を成し遂げてみせます！」

紅蓮さんとアーネストくんが部隊員を率い、村を迂回《うかい》して巫女の救出に向かう。それを見届けると、雨宮様は残った部隊員に戦闘準備の指示を出す。

ここで妖魔を迎え撃つための防衛ラインを築くつもりのようだ。彼らは武器を取り出して、空いた木箱に石を詰めて即席の防壁とする。

そうして作業を続けていると、不意に木々の向こうから雄叫びが上がった。

「気を付けろ、なにか来るぞ！」

誰かが警告を発し、部隊員がそちらを警戒する。ほどなく、木々の向こうから一体の小柄な妖魔が飛び出してきた。妖魔はまっすぐに雨宮様に向かう。

隊員が雨宮様を庇おうとするが――

「おまえ達は手を出すな！」

雨宮様は刀を一閃《いっせん》、たったの一撃で妖魔を叩き伏せた。

峰打ちだったようで、妖魔の身体から血は流れていない。

「レティシア、この者を元に戻すことが出来るか？」

問われた私は、仰向けに倒れた妖魔の横に膝をつく。

妖魔は小柄で、影を纏ったゴブリンのような姿をしている。

もしかしたら、妖魔になる前は子供だったのかもしれない。だけど、その瞳に理性の光は残っていない。この妖魔はとっくに人間に戻れる一線を越えていた。

それを確認した私は、ゆっくりと首を横に振った。

「残念ながら、この子を救うのは不可能です」

「……そうか。ならば離れてくれ」

「いいえ」

雨宮様の申し出を断り、私は意識が朦朧《もうろう》としている様子の小柄な妖魔を抱き起こした。続けて異空間収納から短剣を取り出し、その首を……掻き切った。

あふれ出る鮮血。

妖魔が目を見張って、徐々に動かなくなっていく。

「せめて、安らかに眠りなさい」

瞼を手のひらでなぞり、見開かれた瞳を閉じさせる。そうして永遠の眠りについた妖魔を地面の上に横たえ、私はゆっくりと立ち上がった。

降りかかった血は聖女の衣に弾かれ、地面に流れ落ちていく。

だけど、短剣を持つその手は血に濡れたままだ。

「……レティシア、おまえ」

雨宮様が、驚きの目で私を見つめていた。

私は思わず視線を逸らした。

「……勝手なことをして申し訳ありません。でも、あの妖魔も元は人間です。元に戻せないのなら、せめて尊厳のある死を与えたいと思いました」

「それは、分かるが……なぜおまえが」

私が聖女だから。

声には出来ない想いを心の中で呟き、彼に向かって精一杯の笑顔を向けた。

「見苦しい姿をお目にかけて申し訳ありません」

戦場で戦い続けた私はいつも血塗《ちまみ》れだった。

そんな私を見て怯える者も少なくなかった。もし雨宮様に蔑まれたら悲しいな。そう思って自ら卑下すると、「馬鹿を言うな！」と雨宮様が声を荒らげた。

「妖魔化した者のために心を砕くおまえが見苦しいものか！」

「……雨宮、様？」

信じられない気持ちで目を見張る。

そうして視線を揺らすと、彼が血に濡れた私の手をタオルで拭ってくれた。

「レティシア、妖魔化した者のために、その手を血に染めるおまえは気高く美しい。その姿を見苦しいなどと言う者がいたら、それはただの愚か者だ」

「ありがとうございます」

今度は自然に笑うことが出来た。

彼は「分かったのならいい」と言って、他の隊員達へと視線を向ける。

「いつ村の妖魔に気付かれるか分からん。おまえ達は防衛ラインの構築を急げ――いや、さきほどの命令は撤回する。すぐに武器を取れ！　気付かれたようだ！」

雨宮様が視線を向けた村の入り口に妖魔が姿を見せていた。その者達がこちらをめがけて走り始める。どうやら、さきほどの妖魔の雄叫びが原因のようだ。

十を超える妖魔が一気に押し寄せてくる。

「――総員、小銃を構え！」

雨宮様の声に、部隊員が一斉に長筒のようなものを妖魔達に向けて構えた。杖《つえ》の類いだと思っていたけれど、構え方からしてまったくの別物のようだ。

――なんて暢気《のんき》に思っていたのは、雨宮様が合図を送るまでだった。

「撃て！」

パンッと、なにかが弾けるような音が一斉に響いた。なんの音かは分からない。だけどその音が響いた直後、妖魔達がバタバタと倒れ始めた。

いまのは――攻撃？

魔術、あるいは弓のような飛び道具なのだろう。でも、まったく視認することの出来ない攻撃で、妖魔が次々に絶命していく。その見えない力に戦慄せずにはいられない。

「レティシア、大丈夫か？」

何度目かの攻撃で、敵の第一波が全滅した。それを見届けた雨宮様が声を掛けてくれる。私は聖女の衣の裾を握り締め、雨宮様に向かって笑みを浮かべて見せた。

「心配してくださってありがとうございます。でも、元の世界でも、矢や魔術が雨のように降ることもありましたから平気です」

「勇ましいことだな。だが、そのように服の裾を握り締めていたら説得力がないぞ？」

「し、仕方ないではありませんか！　あのように見えない攻撃を見せられたら、戦場を知る者なら恐怖して当然です！」

弓でも魔術でも、その攻撃が見えないなんてことはあり得ない。そして見える攻撃であれば、己の力で対処することが出来る。

でも見えない攻撃はそうじゃない。自分が攻撃されたことも理解せず、この世を去るかもしれないのだ。戦場に身を置く者として、これほどの恐怖は他に考えられない。

「心配するな。おまえを危険に晒すつもりはない」

「あら、守ってくださるのですか？」

「決して俺の側を離れるな」

俺がおまえを護る――と、そんな心の声が聞こえた気がする。私が驚きに目を見張っていると、彼は私から視線を外し、妖魔が集まる村の入り口へと視線を戻した。

軍服をその身に纏い、勇ましく敵を睨みつける。

その背中がとても大きく感じられた。

「いまの銃声で更なる妖魔が集まってくるだろう。総員、気を引き締めろ！」

妖魔の第二波が迫ってくる。

雨宮様の号令の元、再び小銃の発砲音が周囲に響き渡った。

3

トリガーを引いて発砲。ボルトアクションで排莢《はいきょう》し、新たな弾薬を送り込む。特務第八大隊の隊員達は片膝をついて小銃を構え、次々に妖魔を排除していく。

戦闘開始からどれだけの時間が過ぎただろう？　村の入り口から私達が敷いた防衛ラインのあいだには、おびただしい数の妖魔が亡骸《なきがら》となって横たわっている。

それでも、村の人口を考えればわずかにも満たない数だ。一斉攻撃を受けたり、策を用いられたりすれば、私達は撤退を余儀なくされただろう。

だが、大半の妖魔には策を弄する知恵はなく、また、崖に囲まれた環境が、敵の一斉攻撃を防いでくれている。雨宮様の部隊は確実に敵の戦力を削っていた。

なによりすごいのは小銃だ。

威力もさることながら、連射性能が凄《すさ》まじい。

何発か撃つごとに弾倉を変える必要があるが、それだけで再び発砲することが出来るようだ。これが魔術なら、とっくに魔力が尽きてしまっているだろう。

「特務第一大隊の方々も同じ装備を持っていたのですよね？　これだけの火力を持ちながら、彼らはどうして危機的状況に陥ったのでしょう？」

私は戦場の動向をうかがいながら、雨宮様に問い掛けた。

小銃の発砲音が山道に轟《とどろ》くごとに、妖魔の命が失われていく。戦場を支配する圧倒的な攻撃力。これだけの力を持ちながら、特務第一大隊が危機に陥っている理由が分からない。

「理由はいくつかある。まず、彼らは村が妖魔に支配されているという情報を持っていなかった。だから、人員も装備も十分ではなかったはずだ。それに――」

雨宮様が妖魔の集団に視線を向けた。私も同じように視線を向ければ、そこには、オーガもどきや、ゴブリンもどきなど、様々な妖魔が集まっている。

「どう見ても〝ナリタテ〟とは思えない個体が多い。苦戦は免れなかっただろう」

「……〝ナリタテ〟？　あぁ、成り立てという意味ですか」

言われてみれば、姿形が定着している――つまり、妖魔化したばかりとは思えない個体が多い。報告では一斉に妖魔化したとあったけれど、どうもそういう訳ではなさそうだ。

現時点ではどういうことかまでは分からないけれど、なんらかの裏があるのは間違いなさそうだ。そしてそれはつまり、これが作為的な現象であるという証明でもある。

特務第一大隊が苦戦したのには、その辺りの事情も絡《から》んでいるのかもしれない。

「ところで、この国の方々は、成り立てかどうかで妖魔を分類しているのですか？」

「その通りだが……レティシアの国では違ったのか？」

「はい。個体の形状などで細かく分類されていました」

たとえばゴブリン、オーク、オーガなど、いくつもの種族に分類されている。

ゴブリン一つ取ってみても、主に魔術を使うゴブリンシャーマンや、弓を得意とするゴブリンアーチャー、他のゴブリンを従えるゴブリンキングなど、事細かに分類される。

――と、そこまで説明した私は、この国でそういった分類がない理由に思い至った。

「故郷では、魔物の国がありました。魔物同士で繁殖を繰り返し、各種族が確立されていたんです。それに、形態によって特性が違いますから」

「なるほど。だが、いまここでそのような分類を考えるのは不可能だな」

「では、纏ってる影の濃さを基準にしてはいかがですか？」

私は押し寄せる妖魔の群れを観察しながら提案する。

「影がなにか関係あるのか？」

「私見ですが、影が濃いほど強力な妖魔のように見えます。おそらく、魔石――いえ、妖石の大きさや、瘴気の強さが関係しているのではないかと」

「なるほど。その基準で言うと、あれはヤバいのか？」

雨宮様が視線を向けた先には、ひときわ大きな影を纏う妖魔が一体。

「他とは一線を画すると思ったほうがよろしいかと。形態によりますが、攻撃力、防御力、あるいは狡猾《こうかつ》さなどにおいて、従来の妖魔とは段違いの可能性があります」

「なるほど。では、あれが接近してきたら厄介だな」

くだんの妖魔は、何度か銃撃を受けながらも近付いてくる。

連射性能や、攻撃が見えないという特性に意識が向いていたけれど、威力という意味では、小銃はそれほど強くないようだ。硬い皮膚を銃弾で撃ち抜くのは難しいらしい。

雨宮様が部下に向かって声を張り上げる。

「聞けっ！　暫定的に、影がひときわ濃い妖魔を中級妖魔と、他を下級妖魔と呼称する！　押し寄せる下級妖魔の群れに混じる、中級妖魔を優先的に狙え！　接近されたら厄介だぞ！」

雨宮様の号令の下、小銃による一斉射撃がおこなわれた。

先頭にいた中級妖魔は一度の斉射で絶命した。だが、二体目は二度の斉射を必要とした。そして中級妖魔に攻撃を集中させたことで、下級妖魔も距離を詰めてくる。

「第二小隊は引き続き小銃で後続の中級妖魔を減らせ！　第一小隊は刀を使って接近してきた下級妖魔の掃討だ。中級妖魔の動きに気を付けろ！」

雨宮様が指示を出し、第一小隊の隊員達が抜刀、近付いてきた妖魔に攻撃を加える。

特務第八大隊の隊員達はよく訓練されている。なにより、身体能力が故郷の兵士達よりも高いようだ。王国の親衛隊でも、ここまでの戦闘力は持っていないだろう。

それでも、数の暴力によって、第一小隊の隊員達は苦戦を強いられ、徐々に敵の接近を許してしまう。接近されれば、小銃による攻撃がままならなくなる。

次第に中級妖魔が接近し、ついには第一小隊の隊員達と、中級妖魔の戦いが始まった。

数人掛かりで中級妖魔を相手にする隊員達。訓練された美しい連携で中級妖魔を上回るが、個々の戦いで勝利を収めることが出来ても、物量で圧倒的に負けている。

彼らが苦戦を強いられているのは誰の目にも明らかだった。

「雨宮様、行ってください」

「……なに？」

指揮官は指揮を執るという重要な役目がある。指揮官が先頭に立てば士気は上がるかもしれないが、万が一があれば部隊は崩壊する。指揮官が前線に出るのは愚の骨頂だ。

だけど、何事にも例外は存在する。

「見ていれば分かります。いつもなら、先頭に立って戦われているのでしょう？」

本来の雨宮様はおそらく指揮をするタイプではない。これは私の推測だけど、指揮は笹木大佐様が取っていて、雨宮様は先頭に立つタイプなのだろう。

彼が前に出れば、この不利を覆《くつがえ》せるという予感がある。

その証拠に、彼はさきほどから刀に手を掛けては、歯がゆい素振りを見せている。

「だが、俺が前に出て、万が一にもおまえになにかあればどうする？」

「……私、ですか？」

え、もしかして……前に出ないのは、私をここに連れてきた責任を感じているから？　私のことを心配して、側で護ろうとしてくれているの？

護る側ではなく、護られる側。いままで感じたことのない感覚に頬が緩みそうになる。私は慌てて表情を引き締めて雨宮様を見上げる。

「雨宮様、私は、自分の身の安全くらいは自分で守れます」

「だが、おまえは善意の協力者だ。おまえの協力がなければ、我らはいまより厳しい戦いを強いられていた。利益だけを享受して、状況が変わったと約束を違《たが》えるのは外道の所業だ」

たしかに――と、納得してしまう自分がいる。約束が守られないなら、約束を交わす意味はない。状況が変わったからと約束を反故《ほご》にするのは身勝手だ。

そういう意味で、この状況でも約束を守ろうとする雨宮様には好感が持てる。

——だけどね。

私は、自分のせいで誰かが死ぬのも嫌なんだよ。

自分が蔑《ないがし》ろにされるのは嫌いだけど、自分が原因で誰かが傷付くのはもっと嫌だ。我ながら面倒な性格をしていると思うけど、これは性分だから仕方がない。

「私に構わず行ってください！」

「……ふっ。勇ましいことだ。そこまで言うならお言葉に甘えよう」

部下の一人に私の護衛を命じると、雨宮様は地を這《は》うように駆けだし、中級妖魔とすれ違い様に抜刀した。

二メートルを遥かに超える妖魔。巨体であり、皮膚も銃弾を弾くほどに硬い。それでも、雨宮様の一閃は妖魔の足の腱《けん》を断ち、膝をついた妖魔の首を返す刀で討ち落とした。

その鮮やかな手並みを前に「雨宮副隊長が来てくれたぞ！」と、苦戦を強いられていた隊員達が沸き上がる。その機会を狙ったかのように、雨宮様は刀を天に掲げた。

美しい刃が夜明けの光を受け、隊員達に希望の光を届ける。

「怯《ひる》むな！　敵の数は多くとも、我らに勝てぬ相手ではない。いまこそ、特務第八大隊の底力を見せるときだ！　鼻持ちならぬ特務第一大隊に大きな貸しを作ってやれ！」

「「「おおおぉぉおおっ！」」」

戦場に雄叫びが上がった。

勢いを失っていた部隊員達の目に希望の光が宿る。

反撃の狼煙《のろし》だ。

第二小隊が小銃による斉射を再開し、後続の下級妖魔を間引いていく。

第一小隊は三人一組になり、一人が正面から中級妖魔の攻撃を捌き、残った二人が側面から足の腱を狙う。そうして膝をつかせたところで三人でトドメを刺していく。

雨宮様の攻撃を参考にしたのだろう。これまでよりも格段に手際がよくなっている。

戦闘が始まってからどれほど時間が過ぎただろう？　味方の士気は否応もなく高まっており、倒した下級妖魔は数知れず、中級妖魔を倒した数も優に十を超えている。

この状態が続けば、問題なく救出作戦に必要な時間を稼げるだろう。

だけど――

「雨宮副隊長、中級妖魔を遥かに上回る濃密な影を纏う個体が現れました！」

後続を間引いていた第二小隊の者から報告が上がる。その者が指差す先に、たしかにひときわ濃密な影を纏う個体が存在した。その姿を目の当たりにした私の背筋に嫌な汗が流れる。

身体のサイズは人と変わらない。にもかかわらず禍々しい影を纏うその姿は、元の世界にいた魔族を彷彿《ほうふつ》とさせる。戦場で、もっとも厄介なタイプの敵だ。

「雨宮様、気を付けてください！　あれは高い知能を持つ可能性があります！」

私の声が聞こえたのか、彼は交戦の最中に小さく頷いた。

「いまより、あのレベルの影を纏う敵は上級妖魔と呼称する、警戒しろ！」

雨宮様が宣言するのとほぼ同時、上級妖魔と呼称された妖魔が雄叫びを上げた。それを切っ掛けに、妖魔の動きがいままでと明らかに変化する。

各個撃破されていた妖魔達が、二人一組になって戦闘を開始した。

これにより、一体を倒そうとしても、もう一体が邪魔をするという状況が発生する。さきほどまでは苦もなく倒せていた下級妖魔にも苦戦するようになった。

中級妖魔に至っては、複数の下級妖魔をサポートに付けている。さきほどまでは戦力の逐次投入によって、各個撃破されていた妖魔達が組織だって動き始める。

そんな妖魔を前に、味方の殲滅速度が大きく低下する。こちらの兵数は限りがあり、数で対抗することは出来ない。特務第八の部隊は劣勢に立たされていった。

それを察したのか、雨宮様はいままで以上の勇敢さを見せる。中級妖魔を斬り伏せ、並み居る下級妖魔のあいだを突破して、指揮をしているとおぼしき上級妖魔に躍り掛かった。

雨宮様が先制攻撃を加える――が、上級妖魔はそれを軽く上半身を反らして回避した。無駄のない動きで、雨宮様に反撃を繰り出す。

その攻撃を雨宮様は難なく回避した。

どちらも小手調べの状況。現時点で、双方の実力は互角のように見えた。だが、戦いが長引けば、不利になるのは数で劣っているこちらのほうだ。

それを理解しているのか、上級妖魔は防御に徹し始めた。そのあいだにも戦況は傾き続け、みるみる味方が押され始める。

このままでは、遠からずこちらの戦線は崩壊するだろう。

私は思わず、スカートの裾を握り締めた。

「レティシアさん、ご安心を。雨宮副隊長の命により、私があなたをお守りします」

私が怯えていると誤解したのか、護衛の隊員が励ましの声を掛けてくれる。

私はそれで我に返った。

雨宮様は戦況を覆そうと上級妖魔と死闘を繰り広げ、部下の隊員達は雨宮様の援護をしようと必死に戦っている。ここにいる人達はみんな、必死に自分に出来ることをやっている。

いまの私に聖女としての力はないけれど、それでも出来ることはある。

なのに、このまま見守っているだけでいいのかな？

そんなふうに自問自答する私の視線の先で、雨宮様が死闘を繰り広げている。一進一退の攻防。いつまでも続くかのように見えるけど、そうでないことを私は知っている。

勝負がつくときは一瞬だ。

さっきまで仲良く話していた戦友が、次の瞬間には物言わぬ骸になることもある。戦場に身を置いていた私は、そういう現実をいくつも目の当たりにしてきた。

何度も何度も、仲間が私を残して死にゆく様を見送ってきた。

雨宮様と上級妖魔が一進一退の攻防を繰り広げる。その拮抗《きっこう》した状況を崩すためか、中級妖魔が雨宮様の背後に回り込もうとしている。

それに気付いた瞬間、私は護衛が腰に差している刀を奪って駆けだした。

それは、雨宮様が上級妖魔に攻撃を加えた瞬間だった。そして間髪入れずに、上級妖魔が反撃を繰り出し、雨宮様がそれをギリギリで回避する。

だが、そこに放たれる更なる一撃。上級妖魔の棍棒《こんぼう》のように太い腕が振るわれる。雨宮様はその攻撃を避けようとして――中級妖魔の存在に気が付いた。

中級妖魔は、雨宮様が避けようとした進路上に待ち構えていた。

おそらく、中級妖魔が雨宮様の回避先を読んだのではない。上級妖魔が中級妖魔を動かし、雨宮様をそちらに追い込んだ。雨宮様は、その罠にまんまと踏み込んでしまった。

彼は上級妖魔の攻撃をすんでのところで回避。中級妖魔の攻撃に備えようと身を捻る――が、その回避は間に合わない。中級妖魔の一撃が、無防備を晒した雨宮様に吸い込まれる。

――寸前、その死を招く一撃を私の刀が弾き返した。

「レティシア!?　なぜここにいる!?」

「この敵は私が引き受けます。だから、雨宮様はそいつに集中してください！」

「だが――っ」

セリフの途中で、上級妖魔が雨宮様に攻撃を加える。

雨宮様はそれをとっさに回避して、大きく舌打ちをした。

「レティシア、決して無理はするなよっ！」

「もとよりそのつもりです」

「……ならばいい。レティシア――」

「今度はなんですか？」

「さっきは助かった。背中はおまえに任せる」

一瞬、ここが戦場であることも忘れて息を呑んだ。

……すごく残念。

ここが戦場じゃなければ、雨宮様がどんな表情をしているのか確認するのに。そんなことを考えながら、私はあらためて中級妖魔へと向き直った。

「どこからでも掛かってきなさい。いまの私は負ける気がしません」

4

上級妖魔は雨宮様に任せ、私は中級妖魔と相対する。負ける気がしないなんて言ったけど、中級に認定した妖魔は決して油断出来る相手ではない。

私の手首に魔封じの手枷が嵌まっている限りは。

それでも、魔力を必要としない常時発動型《パッシブ》スキルは発動している。私は護衛から拝借した刀を握り締め、中級妖魔に詰め寄り――っ。刀を振るう寸前、反射的に身を屈めた。

私のすぐ頭上を中級妖魔の鋭いかぎ爪が通り過ぎた。

――速い。

影は濃いが、身体が細いタイプの妖魔。

中級は中級でも、この中級妖魔は速度に特化した個体のようだ。その分、攻撃力は低いのかもしれないけれど、華奢《きゃしゃ》な私がまともに食らえばどのみち一撃だ。

私はその攻撃を避け続けるが、手枷の重さに振り回され、反撃が一手遅れてしまう。一対一で負けるほどではないけれど、このままいたずらに時間を浪費するのは好ましくない。

そう思ったそのとき、中級妖魔の身体が弾かれたように仰け反った。

「まだだっ、レティシアさんに中級妖魔を近付けるな！」

味方の声。彼らが小銃で攻撃して助けてくれたのだと遅れて気付く。中級妖魔に意識を向けていたとはいえ、掩護に気付かなかった。

やはり弾速が恐ろしく速い。

だけど、いまはその攻撃が頼もしい。

小銃による波状攻撃が仕掛けられ、中級妖魔が足を止める。

「ありがとう、もう大丈夫です。みなさんは雨宮様に近付く敵の掃討を！」

私はそう叫ぶと同時に中級妖魔めがけて躍り掛かった。中級妖魔が迎え撃とうと腕を振るうが、負傷したせいか、その速度はさきほどまでよりも遅くなっていた。

私は敵のカウンターをギリギリで回避、相手の攻撃が終わるよりも速く距離を詰めて刀を振るった。鋭い刃が中級妖魔の硬い皮膚を切り裂くが――思ったよりも切れ味が悪い。

「レティシア、刀は叩き切るのではない！　引くように斬れ！」

私の疑問に答えるように、雨宮様が声を上げた。

私はすぐに、雨宮様の言葉の意味を考えた。

叩き切るのではなく、引いて斬る……そうか、だから刀身がまっすぐではなく、弧を描いているんだ。それによって、自然と引いて斬れるように。

寸止め前提の模擬訓練では気付かなかった事実。

私はそれを試すために、再び前に出る。中級妖魔がカウンターに爪を振るうが、私はその硬い爪を刀で斬り飛ばした。怯んだ中級妖魔が一歩下がる。

私は更に距離を詰めて刀を一閃、中級妖魔の胸から鮮血が吹き出した。

致命傷だったはずだ。

だが、それでも、中級妖魔は私に手を伸ばす。

その瞳に宿るのは怒り――ではなく、恐怖。死にたくないと抗《あらが》っている。その姿が、私の目には救いを求める子羊のように見えた。

だけど、同情心で躊躇えば味方の命を危険に晒す。

私は歯を食いしばり、返す刀で中級妖魔にトドメを刺した。

「……安らかに、眠りなさい」

憐憫《れんびん》の情は心の片隅に追いやり、私は新たな妖魔に立ち向かった。続けて襲い来る下級妖魔は刀による一撃で排除し、その隣にいた下級妖魔は味方の小銃による一撃で沈んだ。

乱戦の中においても、特務第八大隊の隊員達は的確に敵を排除している。

だが、それほどの練度を誇っても無傷とはいかない。戦線を維持できているのは回復ポーションのおかげだろう。負傷した隊員は後方に下がって回復し、再び前線へと復帰する。

そうして私達が中級以下、押し寄せる妖魔に対処していく中、雨宮様がついに上級妖魔を撃破した。凶悪な力を誇るそいつは断末魔を上げて倒れ伏す。

隊員から歓声が上がり、妖魔達が一斉に怯んだ。

私も、その束の間は安堵し、思わず笑顔を浮かべた。

だけど——

「レティシア、後ろだ！」

雨宮様が必死の形相で私に手を伸ばした。突き飛ばされた私が見たのは、小柄で、だけど濃密な影を纏う妖魔。雨宮様が撃破したのとは異なる上級妖魔だった。

そいつが、私を庇った雨宮様にかぎ爪を振るう。危ないと私が叫ぶより速く、雨宮様はかろうじて刀でガードする。だが、その反動までは殺しきれずに吹き飛ばされてしまう。

「雨宮様っ！」

吹き飛ばされた雨宮様は、近くの大木にぶつかって血を吐くと、そのまま崩れた。とっさに雨宮様の下へと駆け寄り、慌てて彼の容態をたしかめる。

全身を強く打ち、折れた骨が内臓を傷付けている。血を吐いているのがその証拠だ。生きてはいるが、見た目以上に危険な状態に違いない。

すぐに手当てが必要な状況だけど、それをさせじと上級妖魔が迫ってくる。味方が上級妖魔に一斉射撃を始めて足止めをするが、それもいつまで有効か分からない。

「レティシア、俺にかまわず、にげ、ろ……」

「馬鹿なことを言わないでください！」

雨宮様を見捨てるなんて出来るはずがない。

魔封じの手枷がそのままなので治癒魔術は使えない。回復ポーションを取り出そうとするが、在庫はすべて第八大隊に提供してしまった。

「誰か、回復ポーションを！」

「雨宮副隊長の腰に吊《つる》された革袋に入っているはずです！」

「――雨宮様、失礼します。……いたっ」

革袋に差し入れた指先に鋭い痛みが走った。

回復ポーションを入れた瓶の破片だ。大木にぶつかった衝撃で割れてしまったようだ。中身はすべて、革袋の底からしたたっている。

「瓶が割れています。誰か回復ポーションを持っていませんか!?」

「おいっ、誰か回復ポーションが残っている者はいないか！」

誰か、誰かと、回復ポーションを求める声が広がっていく。だが誰も答えない。

ここまでの激戦で、自分、あるいは誰かのために使ってしまったのだろう。

最悪の可能性が脳裏をよぎるが、幸いにして残っていた回復ポーションがあったようで、私の護衛を務めていた兵が小瓶を持って駆け寄ってくる。

「雨宮様、回復ポーションです、飲んでください！」

受け取った回復ポーションを彼の口元に運ぶ。だが、意識が朦朧としているせいか彼の動きは緩慢だ。最初の一口は咽せて吐き出してしまう。

いつ、上級妖魔が襲いかかってくるか分からない。ここで迷っている時間はない――と、私はポーションを口に含み、口移しで雨宮様に嚥下させた。

雨宮様の呼吸が少し安定する。

だが、それを見た上級妖魔が銃弾の雨に晒されながらも詰め寄ってきた。

私一人なら逃げられるけど、雨宮様を抱えて逃げるには時間が足りない。このままだと雨宮様が殺されてしまう。時間を稼ぐ必要があるけれど、部隊員達に上級妖魔と渡り合うだけの実力はない。足止めには、彼らの命を引き換えにする覚悟が必要だろう。

だけど――

「ここは我らが引き受けます。レティシアさんは雨宮副隊長を連れてお逃げください！」

上級妖魔から雨宮様を守るように、第一小隊、第二小隊の部隊員が一列に陣形を敷く。

彼らはとっくに覚悟を決めていた。

覚悟を決めていなかったのは私のほうだ。

私は頬を叩いて気合いを入れ直し、その場で勢いよく立ち上がった。

「そこのあなた、雨宮様を下がらせて、残りの回復ポーションを飲ませてください。目に見える傷は塞がっていますが、意識の回復には多少の時間が掛かるので注意してください」

「それは無論ですが、レティシアさんはどうするつもりなのですか？」

「私は……私も、自分に出来ることをします」

雨宮様を彼の部下に預け、私は小銃による攻撃で足止めをしている者達の列に混じる。妖魔達と激戦を繰り広げていた彼らが私の存在に気付いた。

「レティシアさん、雨宮副隊長は？」

「命に別状はありませんが、回復には少し時間が掛かります。なので、あの妖魔を相手に、しばしの時間を稼ぐ必要があります」

「問題ありません。我らは、雨宮副隊長のために死ぬ覚悟は出来ています！」

彼らは決死の覚悟を抱いている。このままでは、時間を稼ぐことは出来ても、部隊の壊滅は免れないだろう。だから私は、危険を承知で一歩前に出た。

そうして、背後にいる彼らに問い掛ける。

「私が、参謀としてここにいることは知っていますね？」

――嘘だ。

だが、この状況で、それは事実ですか？　なんて確認してくる者はいない。あまりにも堂々と宣言する私に対し、彼らはその言葉が真実だと誤認した。

それを利用し、私は刀を天に掲げる。

「死ぬことはなりません！　雨宮様は時間を稼ぐための策を私に授けました。貴方達は雨宮様の命に従い、生きてその任を全うなさいっ！」

凛《りん》とした声を響かせて、雨宮様の刀を上級妖魔へと突きつけた。

「第二小隊は断続的に攻撃、上級妖魔の目を狙いなさい！　足止めが目的なので当たらずともかまいません。当たるかもと思わせれば、相手の足は必ず止まります！」

私の指示に、第二小隊の者達が上級妖魔の顔を狙って発砲する。

上級妖魔は煩わしげな素振りを見せながら接近を試みていたが、銃弾の一発が顔に当たったことで呻《うめ》き声を上げ、両腕で顔を庇って足を止めた。

「続けて、第一小隊は下級、中級妖魔の足止めです！　こちらは足を狙いなさい！」

私の指揮の下、第一小隊の隊員達が妖魔の足を狙う。胴に比べれば命中率は落ちるが、足を撃たれた妖魔達は目に見えて動きが悪くなった。

「機動力さえ奪ってしまえばトドメを刺す必要はありません！　前に出てくる敵の足を止め、ゆっくりと後退なさい！」

私の指揮の下、部隊はじりじりと後退していく。もちろん妖魔も迫ってくるが、先頭の妖魔が足を負傷していることで渋滞が起こり、敵の進軍速度が低下していく。

とはいえ、稼げるのはわずかな時間だけだ。数分を稼ぐことは出来ても、数十分の時間を稼ぐことは難しい。上級妖魔は知恵が回るため、すぐに対策を立ててくるだろう。

雨宮様が回復するまで、おそらく数分程度。だけど、その時間が永遠のように感じられる。

そんなとき、補給品が詰められた木箱を置きっぱなしなことを思いだした。

妖魔が小銃を装備するとは思わないけれど、あれがなければ味方の補給がままならない。

私は物資の前に立ち、木箱を異空間収納に片付けていく。その瞬間、小銃による弾幕で足止めされていたはずの上級妖魔が襲いかかってきた。

「――――なっ⁉」

とっさに横っ飛びで回避する。

だが、上級妖魔は残った木箱を掴み、崖下へと放り投げてしまった。続けて、小銃の射撃にも怯まず、雄叫びを上げて私に向かってくる。

まるで、私が残りの木箱——補給用の弾薬を持っていると理解しているかのように。

「撃つな、レティシアさんに当たる！　レティシアさん、離れてください！」

接近を許したことで、小銃による援護がなくなってしまう。距離を取ろうとするが、上級妖魔は距離を取らせまいと食らいついてくる。

やはり、この上級妖魔は戦略的な思考を持っている。

——このまま放置は出来ない！

仲間のほうへ逃げれば、なし崩しに乱戦になる。小銃を使えない味方が大きな被害を受けることはもちろん、雨宮様の身も危うくなってしまうだろう。

足止めを続けるには、上級妖魔を味方に寄せ付けることなく排除する必要がある。

交戦を決意した私に上級妖魔の拳が迫り来る。私はその一撃に刀を合わせる——が、あっさりと刀身が砕け散った。朝日を浴びた破片がキラキラと散っていく。

目を見張った私の正面、煌めく破片の向こうから、私を一撃で殺し得る拳が迫っていた。だけど、刀を振るった体勢の私は拳から逃れるのが遅れる。

——避けられない！

拳の狙いは私の頭部。その一撃を食らえば、私の人生はそこで終わるだろう。

嫌だ、そんなのは嫌だ。

引き延ばされた時間の中で、なにか方法はと考えを巡らせた瞬間、上級妖魔がわずかに体勢を崩した。拳の軌道がわずかに逸れ、私はその隙に拳の軌道上から逃れる。

私を掠《かす》めるように拳が通り過ぎ、風圧で頬がわずかに切れた。

いまのは、小銃による攻撃？　でも、位置的に背後からの攻撃じゃない。どこから……と、視線を走らせれば、村の外れの高台に小銃を構える紅蓮さんの姿が見えた。

その後ろにはアーネストくんも控えている。

どうして、あんなところに？　巫女の救出はどうなったの？

様々な疑問が思い浮かぶが、いまは考えている時間はない。私と同じように、伏兵の存在に気付いた上級妖魔が、妖魔の一部隊を二人の下へと向かわせる。

それを見届け――上級妖魔は再び私に襲いかかってきた。

ステップを踏んで追撃を回避する。そこに放たれる三撃目、四撃目。上級妖魔は巧みに、高台からの射線に私を挟むように回り込んでくる。

味方の援護はもう期待できない。

拳による攻撃は、剣などよりも圧倒的に手数が多い。死に物狂いで回避するけれど、相手の攻撃も止まらない。私は徐々に追い詰められていく。

「まだ――まだっ！」

大きく仰け反って、拳を回避する。逃げ遅れた前髪が、その拳圧で切断されてハラリと落ちた。恐るべき威力。そして、その連続攻撃はまだ止まらない。

左、左、右と見せかけての左。

スピードとパワーも人外級なのに、フェイントという小細工まで仕掛けてくる。まるで、こちらの回避先を誘導するかのような攻撃に、私の回避行動はどんどんと制限されていく。

そして——

避けきれない！

迫る濃密な死の気配を感じ取り、再び時間の流れが引き延ばされたかのように緩やかになる。

拳の軌道は、完全に私の頭を捕らえている。

だけど、その状況に陥るのは、さきほどに続いての二度目だ。

対策は——思い付いている。

私は仰け反りながら、死に物狂いで左腕を振り上げた。

魔封じの手枷が重い。

それでも、右ストレートが私の頭を捕らえるより速く、振り上げた腕と相手の拳がぶつかり合う。金属を打ち合わせたかのような音が響き、腕が凄まじい勢いで弾かれた。

衝撃の何割かが肘や肩を通して私の胴体に伝わる。その反動を利用して、私は右ストレートの直撃コースから自分の頭を退避させた。

それでも、相手の拳は私の肩を掠め、私は大きく吹き飛ばされてしまう。

雨宮様と違うのは直撃しなかったこと。そして、大木にぶつからなかったこと。衝撃に全身が悲鳴を上げているが、身体が動かせないほどじゃない。
ただし、左肩は外れ、左手の骨は完全に砕けている。
よろよろと立ち上がる私を前に、妖魔がにぃっと嫌らしく笑った。
「その目、知ってるわ。自分の勝利を確信しているのでしょう？　でも、それは間違いだって
ことを教えてあげる。最後に笑うのは――私よ」
無事な右手で頬を伝う血を拭い、それから左手首に嵌まる手枷を掴んだ。その手応えを確認
して、私は妖魔と同じように口の端《は》を吊り上げた。
骨が砕けたいま、左手の太さは手首と変わらない。
つまり――
私は魔封じの手枷を、左腕から――引き抜いた。半分とはいえ、魔封じの呪縛から解き放た
れる。魔力が全身を駆け巡り、身体がかぁっと熱くなった。久しく感じられなくなっていた聖
女の力が、魔術師としての力が、身体の中心から湧き上がってくる。
「……ヒール」
左手や肩の負傷を癒やすべく、治癒魔術を行使した。
力ある言葉に、外れた肩や、砕けた骨までもが元通りになるはずだった――が、魔封じの手
枷が片方残っているためか、それとも魔力素子《マナ》が薄いためか、思ったよりも回復量が少ない。
そして、瘴気に侵された魔力が活性化したことで全身が悲鳴を上げる。私は歯を食いしばっ

てその苦痛に耐えて、更に上位の治癒魔術を行使する。

「エクストラヒール」

瘴気に侵された魔力が全身を蝕んでいくが、砕けた骨や、外れた肩は修復される。負傷を治した私は、再び妖魔へと視線を向ける。

「よくも好き勝手に暴れてくれたわね」

雨宮様が背中を預けてくれたのに、私はその期待に応えられなかった。

自分の不甲斐なさに泣きそうになる。

でも、それもここまでだ。

もう迷わない。

大切な人達を護るため、聖女の力でこの戦いを終わらせてみせる。

5

刀が砕けてしまったので、私は異空間収納から聖剣を取り出した。

魔封じの手枷に力の大部分を封じられていたときは重くて使えなかったけれど――と、その聖剣を手にすれば、破邪の金属《オリハルコン》が聖女の力と呼応する。

聖剣の剣先を地面に突き立て、聖女の術を自分に使った。

かつて戦場で味わった高揚感に包まれる。

聖女の術によって、私の身体能力が大幅に強化された。

全盛期の三割くらい……かな？

やはり魔封じの手枷の効果が残っているのか、身体能力の上昇値は少なめだ。だけど、それでも、いま、この状況を覆すには十分な力だろう。

「こういう状況、この国では年貢《ねんぐ》の納め時というのでしたか？」

聖剣を下段に構え、地面を抉《えぐ》るように蹴って上級妖魔に詰め寄る。妖魔の右側面を駆け、すり抜けざまに聖剣を斜めに振り上げた。移動速度が加わった一撃が上級妖魔の胴を薙《な》ぐ。

次の瞬間、上級妖魔の胴から鮮血が吹き出した。

固唾《かたず》を呑んで状況を見守っていた隊員から歓声が上がった。かつて聖女として感じていた高揚感が胸を満たし、皆を、雨宮様を救おうという想いが強くなる。

「巻き返しますよ！　あなた達は中級、下級妖魔の撃退に当たりなさい！　ここに来て、油断で死ぬなどという愚かな真似は私が許しません！」

「「「──はっ！」」」

隊員に檄《げき》を飛ばし、私は再び上級妖魔に相対する。

さきほど負わせたのは深手だったはずだ。にもかかわらず、傷は既に塞がりつつある。どうやら一筋縄ではいかないようだ。だけど、いまの私は負ける気がしない。

「いつまでその再生能力が続くか試してみましょう」

かつて共に戦場を駆けた聖剣を振り上げ、力強く大地を蹴った。周囲の景色がぐんと流れ、一瞬で上級魔族の目前へと迫った。だけど、上級妖魔は既に側面へと退避を始めている。

いままでの動きを見るに、いまの攻撃に反応できるとは思っていなかった。

生存本能が成せる技だろう。だけど、予想外の反応を見せる敵ならば、いままでにだっていくらでもいた。そうした相手との戦い方は心得ている。

すかさず相手の動きに合わせてクルリと半回転、横薙ぎの一撃を放った。

再び上級妖魔が赤い花を咲かせる。

上級妖魔がたまらず跳び下がると、すぐさま傷の再生が開始される。だけど、今度は回復するまで待ってあげない。距離を取った妖魔に、魔術で生み出した無数の風の刃を叩き込んだ。

出力はやはり三割程度だけど、その斬撃の数は全盛期と変わらぬ十を超えている。

一撃、また一撃と上級妖魔の身体を斬り裂いていく。

上級妖魔は凶暴そうな顔を苦痛に歪め、膝をつき、天に向かって雄叫びを上げた。その声は、どうして自分がこんな目に遭わなければいけないのかと、世界を呪っているかのようだ。

あぁそうだ、この妖魔も元々は人間だ。

理性を奪われ、人としての尊厳を踏みにじられた。

彼もまた被害者だ。それを思いだした私は、魔術の行使を終えて妖魔の元に歩み寄る。息も絶え絶えな妖魔が私を血走った目で睨みつけてくる。

私はその視線を真正面から受け止める。

「――いま、終わらせてあげる」

妖魔の答えは、全力で振るった拳の一撃。当たれば即死するほどの質量を持ったその一撃はけれど、私の前髪を揺らしただけだった。

「……安らかに、眠りなさい」

私は聖剣を突き出し、彼の胸を刺し貫いた。びくりと身を震わせた妖魔は、静かに瞳を閉じて力尽きる。それを見届け、私は静かに剣を引き抜いた。

吹き出した血飛沫《ちしぶき》をその身に浴びながら、私は聖剣を天に掲げる。


「上級妖魔は討ち取りました！　勇敢なる戦士達よ、いまこそ反撃のときです！」

味方を鼓舞すれば「おおおぉぉおっ！」と、歓声が上がった。

味方は奮起し、反撃を開始する。

数の不利を、負傷による戦力の低下を、士気の高さで補っている。

だが、敵の数に際限はない。増援が押し寄せ、再び上級妖魔が姿を現した。それも一体ではなく、二体、三体と、死の象徴たる妖魔が集まってくる。

味方は果敢に戦ってくれているけど、回復ポーションは底をつき、弾薬の補給もままならない状況に陥っている。なにかの切っ掛けで防衛ラインが崩壊してもおかしくはない。

そう思ったそのとき、雨宮様が私の隣に立った。

「レティシア、待たせたな」

「雨宮様！　傷は大丈夫なのですか？」

「ああ、もう大丈夫だ。救出部隊の合流まで持ちこたえるぞ」

あれだけの負傷、ポーション一つで全快するはずがない。でも、それを追求したり、心配している時間がないのもまた事実だ。

「……分かりました。では、いまから雨宮様を強化します」

「強化？　それは……いや、いい。ここはおまえに従おう」

了承を得た瞬間、私は聖剣を地面に突き立てた。

そうして聖女の術を発動、雨宮様の身体能力を強化する。

「……これは？」

「身体能力が強化されたはずです。慣れないうちは、思ったよりも身体が動きすぎるなど、予想外の事態に陥ることがあるので注意してください」

「誰に向かってものを言っている。後は、任せておけ」

雨宮様は刀を携えて飛び出す。

そこからは一方的な戦いの始まりだった。

下級も、中級も、そして新たに現れた上級ですらも関係ない。雨宮様が駆け抜ければ、その進路上にいた妖魔が鮮血を撒き散らして倒れていく。

まさに圧倒的な力。雨宮様が一人で戦局を変えていく。

「奮い立て、恐れるな！　上級妖魔はもはや恐るるに足らず！　このまま、第三、第四小隊が戻るまで戦線を維持するぞ！」

雨宮様が味方を鼓舞し、敵を押し返していく。

とっくに限界は超えているはずなのに、彼は鬼神のごとき活躍で妖魔を斬り伏せていく。救出部隊の合流まで持ちこたえるなんて言いながら、敵を殲滅してしまいそうな勢いだ。

他の隊員も負傷しながらも奮戦し、戦線を押し返していく。そこに、紅蓮さんとアーネストくんが姿を現した。彼らは私を見つけるやいなや駆け寄ってくる。

「レティシアさん、無事ですか⁉」

「レティシアの嬢ちゃん、なんて無茶をするんだ！　あんな無茶をして、いまごろおっ死《ち》んでたかもしれないんだぞ！」

いきなり怒られてしまった。

「心配掛けてごめんなさい。それから、紅蓮さん。さっきは助けてくれて、ありがとうございいます。おかげで助かりました」

　ぺこりと頭を下げて微笑みかければ、彼は照れくさそうにそっぽを向いた。

「……言ったろ。ピンチのときは助けてやるって」

「はい、ありがとうございます」

　もう一度頭を下げて、それからふと思い付いたことを尋ねる。

「そういえば、どうしてあのような場所にいたんですか？　それに、巫女や特務第一大隊の方々は助けられたのですか？」

「ああ。巫女様は無事で、いまは隊員が護送中だ。俺達は発砲音を聞いて、先に戻ってきたんだ。しかし……伊織さんのあの動きはどういうことだ？」

　相応の力量を持つ紅蓮さんは、すぐに雨宮様の動きが普通ではないと気付いたようだ。それはアーネストくんも同じようで「まるで別人ですね」と感心している。

　私が聖女である事実は隠したいとも思うけど……と、私は地面に聖剣を突き立て、二人に向かって聖女の術を行使するけれど――

「……くっ、なんだ、これは……」

「力が……抜けるっ」

　紅蓮さんが顔をしかめ、アーネストくんが片膝をついた。

「だ、大丈夫ですか!?」

予想外の反応に驚き、私はあわてて聖女の術を解除する。途端、自分の身体が重くなり、雨宮様の動きも鈍ってしまう。

目測を誤った雨宮様は攻撃を空振り、相手の反撃を大きく回避する。

私は慌てて、今度は雨宮様だけを対象に聖女の術をかけ直した。雨宮様はちらりとこちらに視線を送った後、再び妖魔との戦闘を再開する。

あ、危なかった。

こんなことが起きるなんて……ここが異世界で、聖女の術が正しく機能するとは限らないことを忘れていた。次から気を付けないと。

早鐘のように脈打つ胸を手のひらで押さえながら、私は二人に意識を向ける。

「二人とも、大丈夫ですか？」

「あ、あぁ、ちょっと目眩《めまい》がしただけだ」

「僕もそんな感じです。なんだったんでしょう……？」

「ご、ごめんなさい、私のせいです」

罪悪感から思わず白状してしまう。

だけど――

「どうしてレティシアの嬢ちゃんが謝るんだ？」

「そうです。レティシアさんは物資を運んだり、協力してくれているではありませんか」

虚脱感の原因が私だなんて思ってもいないようで、この乱戦の責任を私が感じているのだと誤解されてしまった。私も状況を考えて訂正は諦める。

いまは妖魔を撃退するのが先だ。

「紅蓮さん、アーネストくん、体調に問題はありませんか？　雨宮様が善戦していますが、そろそろ体力も限界のはずです。急いで救援をお願いします」

助力して欲しいと願えば、紅蓮さん達は「任せておけ！」と飛んでいった。

聖女の術で身体能力の上昇という恩恵を受けている雨宮様は言うに及ばず。紅蓮さんやアーネストくんも一騎当千の活躍を見せ、妖魔を難なく斬り伏せていく。

「……こんなに強かったんだ」

私と模擬戦をしているときは手加減してくれていたのだろう。素の戦闘力ならば、二人とも雨宮様に匹敵する力量を持っていそうだ。……うぅん、もしかしたらそれ以上かもしれない。

雨宮様を筆頭に、紅蓮さんとアーネストくんが戦場を切り開いていく。一度は押されていた戦線を押し返し、そこに特務第一大隊を救出した第三、第四小隊が合流する。更には、救出された特務第一大隊のメンバーも合流し、戦える者は補給を受けて戦闘に参加する。

巫女救出の任務を終えた私達は、そのまま妖魔の掃討作戦に移行した。

当初の目標である巫女達の救出だけでなく、妖魔の殲滅も果たすことが出来た。

任務は大成功と言えるだろう。

だけど……聖女の術は魔を払い、味方に様々な加護を与える聖なる力だ。

その力が、紅蓮さんやアーネストくんに負の効果を及ぼした。

その事実はしこりとなって私の胸に残った。

6

巫女を無事に救出し、村を支配していた妖魔もあらかた討ち滅ぼした。大戦果と言って差し支えのない結果ではあるけれど、味方の被害も少なくはない。

少なくない死傷者が発生した。重傷で生死を彷徨っている者もいるが、私が異世界から持ち込んだポーションはほとんど使い切ってしまった。軽傷の者達は従来の応急処置を施して、それでも危ない者にだけなけなしの回復ポーションを使用する。

回復ポーションを必要とする者の中には、特務第一大隊の井上副隊長も含まれていた。そんな彼を、巫女装束を纏う少女――美琴さんが甲斐甲斐しく看病している。

なんでも、井上さんはその身を挺して美琴さんを護ったらしい。

特務第一大隊の高倉隊長は好きになれないけれど、井上副隊長は立派な騎士のようだ。

だけど――

「ふん、この程度で負傷するとは情けない。おまえがそのような体たらくだから、はぐれの第八大隊などに貸しを作る羽目になったのだ！」

不意に、信じられない言葉が響いた。

その言葉を口にしたのは、特務第一大隊の高倉隊長だ。その心ない言葉が、巫女を守り抜いた井上副隊長に向けられていると知って、殺意に近い感情を抱く。

貴方みたいな人がいるから、戦禍で涙を流す人が増えるのよ！

そう思ったのは私だけではなかったようで、高倉隊長に敵意の籠もった視線が集中する。だけど、彼はそんな視線にはまるで気付かない。

「帝都に戻ったら、今回の失態の責任を取らせるから覚悟しておけ」

よし、殴ろう。

そう思った瞬間、パシンと乾いた音が響く。高倉隊長の頬を叩いたのは美琴さんだった。

「どうしてそんな酷いことが言えるんですか！　井上さんは私を命懸けで護ってくれました！他の人達だってそうです。必死に戦ってくれました！」

「な、いや、それは……た、戦うのは軍人として当たり前のことだ！」

巫女に叩かれるとは思っていなかったのだろう。高倉隊長はわずかに動揺の素振りを見せたものの、すぐに怒りの矛先を美琴さんに向けた。

「そ、そもそも、おまえが巫女としての力を発揮しないから、味方が総崩れになったのではないか！　巫女だというのなら、なぜその力で妖魔を滅ぼさない！」

「それ、は……」

美琴さんが俯いた。

彼女は責任を感じているようだけど、巫女だからといって万能な訳ではないはずだ。であるならば、彼女の力が発揮できるように場を整えるのは他の者の仕事だ。

なのに、高倉隊長は我が意を得たりとばかりに反撃に転じる。

「それに、上官であるわしを叩くとはどういう了見だ。覚悟はできているのだろうな」

やっぱり殴ろう。

そう思った瞬間、井上さんがゆらりと立ち上がった。

「井上さん、寝てなくちゃダメです！」

美琴さんが駆け寄って、その身体を支える。

だが、彼は美琴さんの肩を押しやって、高倉隊長の前へと歩み寄った。

「井上、貴様にも責任を取らせるから覚悟して――ぐぎゃっ！」

井上さんの拳による渾身の一撃が、高倉隊長の顔面にめり込んだ。彼は盛大に吹き飛んで、信じられないと井上さんを見上げる。

「き、貴様、な、なにをする！」

「私は言ったはずです。事前調査をするべきだと。そうでないなら、もっと兵装を入念に準備するべきだと、何度も何度も申し上げたはずです。にもかかわらず、大丈夫だ、しつこい、口出しをするな、わしに任せておけとおっしゃったのは高倉隊長、貴方ではありませんか！」

「い、いや、それは……」

「――それに妖魔に囲まれたとき、巫女殿を突き飛ばして逃げようとしましたね？　巫女殿がこの国にとってどれだけ重要な人物か、貴方は分かっていないのですか？」

護衛対象を突き飛ばして逃げるなんて、騎士なら厳罰ものの失態だ。そしてそれは特務第一大隊の軍人にとっても同じだったようで、蔑むような視線が高倉隊長に集中した。

「ば、馬鹿を言うな！　あ、あれは……そう、あれは、妖魔の攻撃から巫女を守ろうとしただけだ。なぁ、そうだろう、おまえ達！」

彼は周囲の者達に同意を求める。蔑んだ視線を向けている者達が同意しないのは当然として、高倉隊長の取り巻きをしていたはずの軍人達ですらそっと目を逸らした。

状況の不利を感じ取ったのか、高倉隊長は悔しげに歯ぎしりをする。

「……くっ。おまえ達の失態は紛れもない事実だが、わしにも些細なミスはあったようだ。よって、貴様らの失態も不問としておいてやる！」

ものすごく自分勝手なことを言って、高倉隊長は逃げるように立ち去っていく。

だが、そんな言い訳が通用するはずがない。美琴さんが追及しようとするが、井上さんがくずおれた。美琴さんは追及を諦め、井上さんの下へと駆け寄った。

「い、井上さん、しっかりしてください！」

「大丈夫だ、心配掛けてすまない」

美琴さんに支えられて再び立ち上がる。ひとまず、井上さんは大丈夫そうだ。

それより、問題は高倉隊長である。

戦場に身を置いていた私は、無能な指揮官がどれだけ味方の命を奪うか知っている。今回も少なくない命が奪われた。放っておくのは得策じゃない。

なにより、このままでは美琴さんの立場が不利になるかもしれない。

美琴さんは私にとって必要な存在だ。彼女の存在を脅かされるくらいなら、ここで高倉隊長には不幸な事故に遭ってもらったほうがいい。

そんな後ろ暗い考えが脳裏をよぎるが、雨宮様に袖を引かれて我に返る。

「心配するな、あれはもう終わりだ」

「……終わり、ですか？」

どういう意味かと問い掛けるけど、彼は答えてくれない。代わりに、少し話があると人気《ひとけ》のないほうに顎をしゃくった。それに応じて、場所を移そうとするが――

「待ってくれ、伊織」

美琴さんに肩を借りた井上さんが声を掛けてきた。雨宮様は歩みを止め、それから表情を変えることなく振り返った。

その様子を見た私は、雨宮様が感情を押し殺しているみたいだと思った。

「……清治郎、俺になにか用か？」

「いや、その……なんだ。おまえには礼を言っておこうと思ってな」

「礼など必要ない。俺はただ命令に従っただけだからな」

「そうか。だが、それでも、巫女殿や部下を救ってくれたことに感謝する」

井上さんが頭を下げるけれど、雨宮様はそれにかまわず踵を返してしまう。

私が困っていると、美琴さんが私を見た。

「レティシアさん。助けてくれてありがとうございます」

「いえ、私は同行しただけなので」

「……本当ですか？」

なぜか、美琴さんから探るような目を向けられる。

特務第八大隊の人達が話すとは思えないし、タイミング的にも私が戦ったり指揮したりしたところは見られてないはずなんだけど……彼女は私を疑っているようだ。

「私の元いた世界に、妖魔と似た敵がいたので、少し助言しただけですよ」

「やっぱり……」

「やっぱり、ですか？」

「いえ、その、なんでもありません」

やはり疑われている気がする。

どう答えたものかと考えていると、井上さんが口を開いた。

「おまえはたしか、巫女殿の召喚に巻き込まれた娘だったな？　伊織の馬鹿はおまえの面倒をちゃんと見てくれているのか？」

「……恩人を馬鹿呼ばわりはどうかと思いますが。特務第八大隊の方々は親切ですよ」

「そうか、ならばいい。今回の一件は後日、正式に礼をすると伝えてくれ」

雨宮様を馬鹿呼ばわりしたことを撤回して欲しかったのだけど、流されてしまう。もっとも、雨宮様も大概な態度だったので、差し出口かもしれないと引き下がることにした。

「レティシア、なにをしている？」

「すみません、いま行きます」

雨宮様に急かされた私は、美琴さん達に会釈して踵を返す。それから小走りになって、さきに歩き始めている雨宮様の後を追う。

やってきたのは、少し離れた場所にある大きな木の下だ。朝日が木漏れ日となって降り注ぐその場所で、私は足を止めて雨宮様を見上げた。

「……雨宮様は、井上さんが嫌いなのですか？」

「嫌っている訳ではない。ただ……いろいろあっただけだ」

聞くなという意図を察する。私としても、嫌がる相手に食い下がるような無粋な真似をするつもりはない。私は「ところで、私になんのご用ですか？」と話を変える。

「おまえに至急確認しておかなければならないことがある」

私は自分の身体をきゅっと抱きしめる。それから「どのような確認でしょう？」と擦《かす》れた声で尋ねた。それに対して、彼はポケットからペンダントを取り出した。

巫女召喚の儀で、巫女を探すときに使っていたペンダントだ。

彼はそれを、あの日のように、私へと——向けた。

あの日は、なにも反応を示さなかった。

だけど、いまは——

「やはり、な」

ペンダントが眩《まばゆ》いほどの光を放っている。

やはり、巫女と聖女の力は同質のものだった。あの日、ペンダントが私に反応しなかったのは、魔封じの手枷で、私の聖女としての力が完全に封じられていたからに違いない。

もはや言い逃れは出来ない。

巫女と同じ力を持つ者として、これからも国に協力することを求められるだろう。そう思って俯いた私の頭に、ポンと手のひらが乗った。

「言いたくなければ言わずともいい」

思ってもみなかった言葉。

信じられない気持ちで顔を上げる私を、彼は優しい目で見下ろしていた。

「よろしいの、ですか……？」

「おまえは巫女ではない。それは誰もが知るところだ」

これからも、そういうことにしておいてくれる、ということだ。

私はすべてを打ち明けることと、このまま隠し通すことを天秤《てんびん》に掛ける。

聖女であることを打ち明けた場合、聖女の術を振るうことを求められるだろう。その場合、魔物化のリスクを抱えていることを打ち明けざるを得ない。

自分の身を護るため、巫女と同等の力を持っていることは隠しておいたほうがいいだろう。

でもそれは私の都合だ。

「……本当に、よろしいのですか？」

「言っただろう。おまえは特務第八大隊の恩人だ。なぜその力を隠そうとするのかは分からないが、恩人に不利益をもたらすような真似をするつもりはない。ただ……」

雨宮様が言い淀んだ。言うべきか言わざるべきか、迷うような素振りをする雨宮様を目の当たりにして、私は少しだけ不安になる。

だけど次の瞬間、雨宮様は意を決したように口を開いた。

「さきほど、俺に使った身体能力を上昇させる力のことだ。一度途切れたようだが、もしやあのとき、アーネストや紅蓮にも使用したのではないか？」

「……はい。でも、効果が現れませんでした。それどころか――」

「――レティシア」

私の言葉は、雨宮様に遮られた。

彼はいままでよりずっと真剣に、それでいて深刻そうな表情を私に向ける。

「アーネスト達は、それに気付いているのか？」

「いえ、気付いていないと思いますが……？」

「そうか。ならば今後も黙っておけ。おまえが、秘密を秘密のままにしたいのであれば、な」

息を呑んだ。私が説明するまでもなく、雨宮様はなにが起こったか理解している。それはつまり、異変の原因に心当たりがあるということだ。

しかも、私の力が巫女の術と同等であるという認識の下。

そこから導き出される答えはそう多くはない。そして、特務第八大隊の者達の身体能力が高い理由、他の部隊から蔑まれている理由などが、一つの答えを示している。

でも、その秘密は、私が聖女であるという秘密と表裏一体ということ。いまの私には、自らの秘密を明かす勇気はない。だから――と、私は彼の提案に頷く。

こうして、妖魔に支配された村の一件は幕を閉じた。

――はずだったのだけど、その翌日。

私は召喚状を受け取り、雨宮様と共に大本宮に出向することとなった。

エピソード4

手に入れた日常

1

召喚状を受け取った私は、雨宮様と共に大本営へと出向した。大本営の大きな施設、その長い廊下を歩き、指定された会議室へと向かう。

私は私服のドレスを、雨宮様は軍服を身に纏っている。真っ赤な絨毯が敷かれた廊下を歩いていると、雨宮様がおもむろに口を開いた。

「レティシア、このような面倒ごとに巻き込んですまない」

「いいえ、軍に同行した時点である程度の覚悟はしていましたから。とはいえ、予想よりも動きが早かったのも事実です。私を呼び出した理由はなんでしょう……？」

私の力についての情報が漏洩《ろうえい》したのでしょうか？　と暗に問い掛ける。それに対して雨宮様は「おそらくは、探りを入れたいのだろう」と呟いた。

「探り、ですか？」

「特務第八大隊ははぐれ者の集まりであるがゆえに連帯感が強い。とくに、今回の部隊は少数精鋭だったからなおさらだ。それゆえ、おまえの存在が浮いている、という訳だ」

「……ああ、そういうことですか」

現時点では聖女の力や、異空間収納についてはバレていない可能性が高い。だが、だからこそ、私のような一般人が軍に同行する理由が見当たらない。私が召喚の儀に巻き込まれた女性であることと併せて、なにかあると疑われているのだろう。

「レティシア、一つだけ確認させて欲しい。おまえはいまも、特務第八大隊に所属するつもりはないのだな？」

「そうですね……」

私は視線を落として考えを巡らせる。

特務第八大隊の面々には恩がある。そんな彼らと共に戦うのも一つの選択だ。少なくとも私は、そうしていいと思う程度には、彼らに対して愛着を抱いている。

だけど、いまの私は全盛期の三割程度しか力が振るえない。しかも魔力を活性化させる行為は、自身の魔物化を早めることにも繋がる。

戦いに身を投じれば、私はすぐに人類に徒なす魔物と化してしまうだろう。

私が軍部に所属した場合、そのリスクを隠して戦いに参加するか、自身が抱えるリスクを打ち明けて戦いから身を引くかのどちらかを選ぶ必要がある。

そのどちらかを選ぶくらいなら、最初から軍部に所属しないほうがマシだ。

だから——

「すみません。いまのところは……これもありますし」

右腕の手枷をさり気なく雨宮様の視界に入れた。

「手枷か……そういえば、片方だけ外れたのだったな。……そうか、最初のときにペンダントに反応がなかったのは、それが理由か」

雨宮様の言葉に、私は微笑みを浮かべることで応じた。

私は嘘を吐いていない。

だけど、雨宮様はこう思ったはずだ。私が軍部に参加するのを避けるのは、手枷によって力の大部分を封じられているからだ――と。

それ自体は間違っていない。間違っていないからこそ、私が他の理由――魔物化のリスクを抱えていて、それを打ち明けたくないという理由を隠すことが出来る。

私は何食わぬ顔で「協力は今後もさせていただきます」と約束した。

そうしてやってきたのは大本営の会議室だ。大理石のテーブルの向こう側に、大本営のお偉方が並んで座っている。

「雨宮伊織、並びにレティシア。召喚状に応じて参上いたしました」

「うむ、楽にしてかまわない」

「はっ！」

雨宮様が気を付けから休めの姿勢に変える。

私もそれに倣って体勢を変えた。

ちなみに、向かいにいる厳《いか》めしい顔つきのお偉方は、陸軍大将以下二名の将校達である。祖国で言うところの将軍、すべての騎士団を纏める軍のトップである。

大将は私と雨宮様を見比べると、厳かな口調で話し始める。

「まずは、特務第一大隊の救出作戦、ご苦労だった。そなたらの迅速な対応により、我が軍の被害は最小限に抑えられたと言えるだろう」

「もったいないお言葉、光栄の至りであります」

雨宮様が静かな口調で応じるが、そこで将軍の言葉は返ってこなかった。

会議室が息苦しい空気に包まれる。

五秒、十秒と沈黙が続き、それが三十秒を超えても咳払い一つ聞こえてこない。将校達は微動だにせず、雨宮様もまた休めの姿勢のままで待機している。

そしておおよそ一分近い時間が過ぎたとき、将軍が口の端を吊り上げた。

「なるほど、やはりただの小娘ではないという訳か」

不意に、彼の視線が私に向けられた。そこから浮かび上がるのは、さきほどの沈黙が、私の反応を確認するためのものだったという可能性。

それを理解した私は、一呼吸置いて驚いたように目を見張った。

「……ふむ。理解して驚くまでに三秒、といったところか。その驚きすら隠すくらいの腹芸はするかと思ったが……いや、逆に、あえて驚いた可能性もあるか？」

すべて見透かされている。これ以上は墓穴を掘るだけだろう。そう考えた私は、表情を変えずに彼の視線を受け止めた。しばし、無言で見つめ合うこととなる。

「わしは帝国陸軍の大将、柊木《ひいらぎ》銕之亟《てつのじょう》だ」

「レティシアと申します」

「ではレティシア、単刀直入に尋ねる。そなたが特務第八大隊に同行した理由はなんだ？」

「それは――異世界の知識を知るからにございます」

大本営が正確な情報を掴んでいないと予測したときから用意していた答え。問われるがままに、私が救出作戦でした助言について打ち明けていく。

聖女の力や、異空間収納の力を隠すために。

「なるほど。妖魔と似た存在に対する知識、か。たしかに、特務第八大隊から調査中としてそのような情報が上がっていたな。なるほど……彼女の持つ異世界の知識であったか」

柊木大将が納得する素振りを見せると、隣にいた男が将軍に耳打ちをする。それを聞いた彼は鼻を鳴らし「無論、分かっている」と応じた。

「レティシア、そなたに問おう。これからどうしたい？」

家に帰りたい――なんて馬鹿正直に言えるはずもない。というか、そういうことを聞かれている訳ではないだろう。意図が読み切れなくて、私は「どう、とおっしゃいますと？」と問うた。

「そなたの持つ情報はとても貴重なものだ。可能であれば大本営の所属となり、軍に協力して欲しいところだが……そなたの希望を聞いておこうと思ってな」

「希望を、叶えてくださるのですか？」

「そなたの功績は計り知れぬ。協力が絶対条件だが、その他の部分では希望を聞くつもりだ。協力を強いて、情報を出し渋られては意味がないからな」

言葉通りに受け取ってもいいのだろうかと、雨宮様に視線で問い掛ける。彼は私にだけ分かるように、目で軽く肯定を示した。柊木大将は話が分かるお人らしい。

「では……これからも特務第八大隊の女中として働きたく存じます」

「女中として、か？」

「はい。女中として、です」

念押しに応じると、柊木大将は雨宮様に「それでいいのか？」と問い掛けた。

「彼女がそう望んでいるのは事実です。私としては、その意思を尊重したいと考えています」

「……ふむ。望めばどのような暮らしも可能だというのに無欲なことよな。だが、それが望みだというのならぜひもない。今後も特務第八大隊の女中として働くがよい」

「恐悦至極に存じます」

カーテシーにて感謝の念を伝える。よく考えると、この国での挨拶ではなかったけれど、彼は私の感謝を受け入れてくれた。どうやら、本当に話の分かるお人柄のようだ。

「うむ。では次の話に移ろう。巫女の初陣は、この帝国に救世主が現れたというプロパガンダの意味合いが強かった。その初陣が敗北で終わったなどということは許されぬ」

柊木大将がそう言うと、控えていた秘書官が私達の元へ来て書類を差し出してくる。それを受け取って目を通せば、今回の任務についての概要が書かれていた。

それによると、特務第一大隊は村の住人全員が妖魔化するという不測の事態にもかかわらず奮戦し、巫女の支援の下に妖魔の撃滅に成功した――と書かれている。

つまり、特務第八大隊による救出劇なんてなかった、ということだ。

私はそれを見てもとくに驚かなかった。

特務第一大隊が危機に陥ったのは高倉隊長の怠慢だと聞いている。少なくとも、彼が適切な調査をしていれば、巫女を引き連れた部隊が窮地に陥ることはなかっただろう。

少なくとも、巫女は妖魔を見つけるという役目を全うしている。

けれど、理由がなんであれ、巫女の初陣が敗北に終わったことに変わりはない。事実を公表すれば、巫女という新たな希望の光に影を落とすこととなる。

たとえ、どれだけ理不尽な理由があったとしても、だ。

ゆえに、真実の公表は誰のためにもならない。

事実をねじ曲げて公表する。それは、人々を思うがゆえの嘘だ。聖女としてこの手の嘘を経験したことのある私は、大本営の決定を悪だとは思わなかった。

それに――と、私は二枚目の資料に目を通す。特務第八大隊がおこなった救出劇の功績は失われるが、大本営はその代わりとなるものを用意していた。

特務第八大隊の本隊は、陽動を警戒して帝都に待機していた。だけど、予想に反して、妖魔による襲撃は起きなかった。それが今回の一件の真実。

その真実を少しだけ脚色し、特務第八大隊が妖魔による大規模な襲撃計画を見破り、帝都への襲撃を未然に防いだ――という〝事実〟を作り上げた。

その資料を読み終えて顔を上げると、柊木大将が私達に問い掛けてきた。「笹木大佐からは了承を得ているが、おまえ達に異論はあるか？」――と。

根回しが早い。

正直、笹木大佐様が承知しているのなら、私や雨宮様が異を唱えることは不可能だ。それでも疑問形で口にしたのは、当事者である雨宮様に配慮する気持ちはあるという意思表示だ。

雨宮様はそれを踏まえ、不満はないと応じる。

「我ら特務第八大隊の役目は帝都の平和を守ること。そのために戦った部下をねぎらうことが出来るのなら、他に望むことはありません」

「……そうか、特務第八大隊の忠義に感謝する」

柊木大将が感謝の言葉を口にした。両脇にいる将校が驚いていることから、それが異例の対応であることがうかがえた。おそらく、最大限の譲歩なのだろう。

そう思っていたから――

「レティシア、そなたも不満はないか？」

彼が私にまで意見を求めてくるのは予想の範疇《はんちゅう》を超えていた。

だけど、次の瞬間には理解する。

私は軍部に属していない。つまりはただの協力者でしかなく、機密保持の義務なども負っていない。私が不満を抱えていた場合、この秘密が漏洩する可能性がある、ということだ。

……あぁ、そっか。

私の希望を聞いて、女中として働くことを容認したのはこれが理由だ。私が異を唱えれば、これまでの決定事項までひっくり返る。

つまり、私の自由を容認するのは口止めの対価でもある、という訳だ。

「笹木大佐様や雨宮様が納得しているのですから、私が不満を抱くことはありません。ただ、許されるのなら、一つ質問をよろしいでしょうか？」

「無論だ。我々はそなたとよい関係を築きたいと思っているからな」

その言葉に、私は無意識に喉を鳴らした。

私を重要視する理由は、異世界の知識だけではないのかもしれないと思ったから。もしかしたら、私の持つ能力についてもなにか摑まれているのかもしれない。

油断のならない相手だけど、少なくとも敵対の意思はなさそうだ。今回の対応から考えても、強制するのではなく、味方に引き込むように懐柔する方針のほうがありそうだ。

であれば、いまはその好意に甘えよう。

「質問というのは高倉隊長のことです」

今回の一件で、彼は多くの失態を犯している。

だけど、特務第八大隊の救出劇はなかったことにされた。それはつまり、特務第一大隊のピンチも、高倉隊長の失態もなかったということになる。

それどころか、彼は巫女の初陣を勝利に導いた立役者となってしまう。

でもそれは、私にとって望ましくない展開だ。

私の瘴気を払うためには、美琴さんの力が必要になる。片方とはいえ手枷が外れたいま、瘴気の浄化は出来るだけ急がなければいけない案件となった。

美琴さんの足を引っ張る彼の存在は、私にとっても邪魔にしかならない。

だけど——

「……高倉隊長？　はて、誰のことだっただろう？」

柊木大将の言葉に息を呑んだ。

とぼけているのか、それとも口を出すなという警告か。意図を図りかねていると、彼の隣にいた将校が妙に白々しい口調で言い放った。

「先月汚職が発覚して拘束中の、高倉元大佐のことではありませんか？」

その言葉の意味を理解した私は顔を引き攣らせた。

特務第一大隊はピンチになんて陥っていない。巫女の初陣を華々しく飾った。それを前提とするならば、その立役者である隊長を罰する訳にはいかない。

だからこそ、高倉隊長が罰を逃れるのではと、私は心配していた。だけど彼らの筋書きでは、高倉隊長はそもそも巫女の初陣に参加していなかったことになっているらしい。

祖国でもこういう処置はあったけれど、柊木大将は徹底しているようだ。でも、それが高倉隊長を罰して、巫女を護るための嘘だというのなら不満はない。

「それで、その拘束中の大佐がどうかしたのかね？」

「失礼いたしました。お尋ねしたいのは井上様のほうでした」

「おぉ、高倉元大佐の汚職を告発した井上隊長のことだな。彼ならば、巫女の初陣を勝利に導いた立役者として叙勲される予定だが……彼がどうかしたのかね？」

あぁ……そういう筋書きなんだ。美琴さんの信頼を得ていた彼が、特務第一大隊の隊長だったことになり、巫女の初陣を勝利へと導いた立役者になった。

嘘にまみれた筋書きだけど、そこには巫女への配慮が感じられる。少なくとも、有能な人材には、それ相応の対応をする人のようだ。

「どうやら、すべて私の杞憂だったようです」

「ならば結構。それと……」

「民の不利益になるようなことはいたしません。それと、私が持つ知識については、特務第八大隊を通じてお知らせさせていただきます」

「うむ。そなたとはよい関係を築けそうだ」

柊木大将はそう言って破顔すると、その視線を雨宮様へと向けた。

「雨宮少佐。特務第八大隊はその特異性ゆえに揶揄《やゆ》する者もいるだろう。だが、わしはその特異性ゆえに、特務第八大隊に期待している。これからも励むがよい」

「身に余るお言葉。光栄の至りです」

2

大本営での話し合いは恙無《つつがな》く終わった。

それからほどなくして、大本営は予定通りの発表をおこなった。

初陣を飾った巫女が、その力を持って妖魔に占拠された村を発見、特務第一大隊と共に妖魔の撃滅に成功。同時に、帝都を狙った妖魔の襲撃作戦を特務第八大隊が未然に防いだ。

という二つの発表である。

庶民の目は巫女のほうへと向けられ、特務第八大隊のほうはあまり話題に上らなかったが、大本営は約束通りにそれを功績として、資金面での融通《ゆうずう》を利かせてくれるようだ。

ちなみに、勲章も授与されたようで、私の元にも一つ勲章が届いていた。個人的には勲章に興味はないのだけれど……おそらく、口止め料の意味合いもあるのだろう。受け取らなければ叛意《はんい》ありと取られかねないので受け取っておいた。

そして数日後、私は開発局に呼び出された。

足を運んだのは、研究所の内部にある一室。薬草を栽培するために用意された部屋で、所狭しと並べられたプランターには薬草が植えられている。

「レティシア嬢、よく来てくださいました」

「水瀬さん、こんにちは。薬草の栽培は順調のようですね」

「おかげさまで。ポーションに必要な材料の代用品も無事に確保できました」

「聖水の代わりが見つかったのですか？」

魔石の代わりは、妖石が使えるだろうと予想していた。

でも、聖水の代わりは難しいかもしれないと考え、無理をしてでも聖水を作ったほうがいいかも――なんて考えていたので、これは嬉しい知らせだ。

「実は、巫女殿が清めたご神水を提供してくださったのです。それを聖水の代わりに使い、妖石と共に煮詰めれば、レティシア嬢が持ち込んだのと同程度の効果を持つポーションが作れました。最近、第一大隊の隊長が替わったそうで、そのおかげですよ」

意味ありげな視線が投げ掛けられる。

これは……救出劇について知られている、のかな？　それとも、カマを掛けられているだけだろうか？　どっちにしても、私から言うことはなにもない。

「それで、私を呼んだのはその報告ですか？」

「いくつかあります。まずはこちらの資料をご覧ください」

「どれどれ……へぇ」

そこに示されていたのは、回復ポーションについての研究結果だった。

薬草の育成状況がよくないという問題があり、いくつかの解決策を模索した。その結果、回復ポーションを土壌に混ぜたところ、育成状況が大幅に改善したとある。

私はその結果から一つの推論を導き出した。

「おそらく、この国の土壌に含まれる魔力素子《マナ》が少ないのでしょうね。砕いた妖石を混ぜたご神水を土壌に含ませることでも、同様の効果が得られるかもしれません」

「おぉ、なるほど！　さっそく実験をするといたしましょう」

私の情報を元に、水瀬さんは資料にメモを書き込んでいく。

この調子なら、すぐに従来の回復ポーションと同等の回復力を持つポーションを作り出してしまうだろう。あるいは、それを超えるポーションすら作ってしまうかもしれない。

そんな期待を抱きながら質問に答えていると、話が手枷の件に移った。

「それで、手枷はどうしますか？　外すのなら、そろそろ研究をしたいところなんですが」

「あぁ……そうでした」

異空間収納から魔封じの手枷を取り出す。

「……おや、それは手枷ではありませんか。もう一つ持っていたのですか？」

「いいえ、これは私の腕に嵌まっていたものです」

「なんと！　では解錠できたのですか？」

「いえ、解錠は出来ていないんですが……その、左手の骨が砕けたときに、ちょうど抜くことが出来たというか、抜いたというか……」

魔封じの手枷を渡す以上、事情を説明しない訳にはいかないと打ち明ける。マッドサイエンティストな彼ならば、真面目な顔で『その手がありましたか』とか言いそうだと思った。

だけど――

「なんという無茶をするのですか、キミは！」

「え？」

「手は大丈夫ですか？　痛いところは、後遺症など残っていませんか？」

彼は心配するように私の手を取った。まるで診察するように、私の手をぎゅっと握ったりする。予想と正反対の反応に少し戸惑ってしまった。

「だ、大丈夫です。幸い後遺症もなく、綺麗に癒やすことが出来ました」

「だったらいいのですが……」

彼は心から心配してくれているみたいだ。

そんな彼になら安心して任せられる。

「その手枷を預けるので、解錠できないか試していただけないでしょうか？」

「なるほど、もう一つの枷を外すために、ですね」

「ええ、その通りです」

というのは表向きの理由で、本当はもう一つ、保険という意味合いがある。魔物化が思ったよりも早く進行しそうなら、またこの手枷を嵌める必要がある。鍵が外れていたら普通に嵌めるだけで済むけれど、そうじゃなければ手の骨を砕かなければいけない。

痛いのは嫌だ。

……というか、手枷を付けたら、治癒魔術が使えないからね。

ポーションだと後遺症が残る可能性も無視できないし、出来れば選択したくない方法だ。美琴さんが瘴気を払えるようになるのが一番だけど、それにはもう少し掛かるだろう。

という訳で――

「その手枷、何卒《なにとぞ》よろしくお願いします」

「お任せください。必ずキミの期待にお応えしましょう。僕は心から、キミと末永く付き合っていたいと思っていますから」

彼はそう言って跪《ひざまず》き、私の手を取って、唇を手の甲に触れさせる。目を細めて微笑みを浮かべた彼の瞳が、『研究対象として』という前置きを語っていなければ完璧だったと思う。

こうして日常を取り戻した私は、宿舎に戻って女中のお仕事を再開する。今日の私のお仕事は、宿舎で使われるシーツの洗濯である。

見習いに毛が生えたような私にとってはおなじみの仕事だけど、なんだか久しぶりな気がする。私は大きな桶《おけ》に水を張り、その中でゴシゴシとシーツを洗う。

「うぅん。魔封じの手枷、片方だけになったらバランスがよくないね」

右腕にだけ重りがついている状況。気を付けないと力加減を間違ってしまいそうだ。それに、片方にだけ重りがある状況に慣れてしまうのも身体のバランスが崩れそうで怖い。

このままでは右腕だけが鍛えられてしまいそうだ。

……左腕にも、重りをつけるようにしようかな？　そんな他愛もないことを考えながら洗濯を続けていると、先輩の女中が一抱えのシーツを運んできた。

「あなた、レティシアだったわね。これも一緒に洗いなさい。しょっちゅう休んでるんだから、それくらい頑張れるわよね？」

淡々とした口調でそう言って、彼女はすぐに立ち去ろうとする。

冷たい態度だけど、客観的に見て、私がさぼり癖のある新人であることは事実だ。私は、「少し待ってください」と引き止めた。

「なによ、なにか文句があるの？」

「いいえ、そうじゃありません。私がお休みするたびに、みなさんのお仕事が増えたことと存じます。ご迷惑をお掛けして、大変申し訳ありませんでした」

ぺこりと頭を下げれば、彼女は「へぇ」と意外そうな顔をして近付いてきた。

「彩花が言ってたことも、あながち嘘じゃなさそうだね」

「彩花がなにか？」

「軍部になにかと扱《こ》き使《つか》われているんだろ？　他の娘達にはちゃんと私が言っておいてあげるから、気にするんじゃないよ。女中が軍人の頼みを断れる訳がないんだからね！」

パシンと肩を叩かれた。一瞬、その意図が分からなかった。でもすぐに、彩花がなにか言ってくれたおかげで、彼女が私の理解者となってくれたのだと察する。

「ありがとうございます、頑張ります！」

「ふん、感謝なんて必要ないよ。それより、その仕事をしっかりしな。真面目に働いてるって姿を見せておけば、ごちゃごちゃ言う娘もちょっとは減るだろうからね！」

彼女は素っ気なく立ち去っていった。厳しいのは、私が他の人達から悪く言われないため。彼女はとても不器用で、だけどとても優しい人のようだ。

私は彼女の背中に向かって感謝の気持ちを込めて頭を下げた。

そして――

話を聞いた感じ、彼女が理解を示してくれたのは、彩花が事情を話しておいてくれたおかげだろう。また、彼女に借りを作ってしまった。

そう考えた直後、彼女が友達だと言ってくれたことを思い出す。借りとか貸しとかではなく、私も友達として、彼女に出来ることをしてあげたい。

「レティシア、洗濯は捗《はかど》ってる？」

「——ひゃうっ⁉」

彩花のことを考えていたら、耳元で彩花の声がして悲鳴が零れそうになった。代わりに身体を跳ねさせて、ばっと声のしたほうへと振り向く。

「ちょ、ちょっと彩花、いきなり耳元で話しかけないで」

「あはは、ごめんごめん。そんなに驚くとは思わなかったから。それより、隣失礼するわね。こっちも洗濯物が一杯なのよね」

言うが早いか、彼女は私の隣に水桶を用意して、持参したシーツを洗い始めた。彼女の運んできたシーツも、シーツを追加された私に負けず劣らずの量だ。

もしかして、こっそり肩代わりしてくれてるのかな？

そんなふうに考えながら、彼女の横顔を盗み見る。

農村生まれで、女中になるべく上京してきた女の子。私より年下だけど、ひときわオシャレに情熱を注いでいて、髪型一つにも気を使っていた。

だけど、女中服に身を包むいまの彼女は、頬から肩口に走る痛ましい傷痕を隠すために髪を使っている。

なんとかしてあげたい。

たとえ、自分の力がバレる危険を冒さなければならないとしても。

――と、私が口を開くより早く、彩花が話しかけてきた。

「ねぇ、レティシア。あなたはどうして女中の仕事にこだわってるの？」

「……どうして、って？」

質問の意図が分からなくて問い返す。彩花はシーツの汚れを念入りに擦り、その額に小さな汗を浮かべながら「だって――」と続けた。

「私のことを助けてくれたし、軍部にもよく呼ばれてるじゃない。望めば、上女中《かみじょちゅう》になることはもちろん、もっと他の役職に就くことだって出来るんじゃないの？」

「……上女中？」

こてりと首を傾げることで、なにそれと尋ねる。

「知らない？　私達は女中でも下女中《しもじょちゅう》、いわゆる下女《げじょ》という役割で下働きがメイン。他にもまとめ役の女中とか、お偉いさんのお世話をする上女中とか、女中にもいろいろあるのよ？」

メイドと同じで、女中にも様々な役職があるらしい。

それを知った私は彩花の話に興味を抱く。

「私はいまの生活に満足してるけど……彩花は上女中を目指しているの？」

「なれるものならなりたいわね。私、故郷に弟と妹がいるの。出来れば、弟や妹にはいい暮らしをさせてあげたいわ。だから、お給金が上がるのは大歓迎なのよね」

「彩花はお姉ちゃんだったんだね」

だから年下なのにしっかりしてるのかなと考える。

同時に、あれ――と、違和感を抱いた。故郷にいる弟や妹にいい暮らしをさせてあげたいと思う優しいお姉ちゃんのわりに、オシャレにお給金をつぎ込んでいる気がしたのだ。

もちろん、お給金は彼女自身が働いて得たものだ。自分のために使うことに問題はないのだけど、さきほどの彩花のイメージと食い違う。

「なによ、驚いた顔をして。私が家族に気を使うのがそんなに意外？」

「うぅん。でも、オシャレにもお金を掛けてそうだなぁって」

「あぁ、うん。ホントは玉《たま》の輿《こし》を狙って、自分が幸せになりつつ、家族も助けてあげようと思ってたんだ。でも、こんな傷痕があったら、もらってくれる人なんていないでしょ？」

自分の幸せを追い求め、その上で家族も幸せにしようという。

その話を聞いて、私は素直にすごいって感心した。私は力を持たない人々の幸せのため、自分のささやかな幸せを諦めた側の人間だから。

だから、自分の幸せも、大切な人達の幸せも、どっちも叶えようとした彩花はすごい。

「彩花は外見も綺麗だけど、内面はもっともっと綺麗だもの。きっといつか、傷痕なんかに惑わされず、彩花の素敵さに気付いてくれる人が見つかるよ！」

私が力説すると、彩花は頬を朱に染めてはにかんだ。

「レティシアが男の人じゃなくてよかった」

「え？」

「私の傷痕に囚《とら》われず、内面を見てくれる素敵な人。レティシアが男の人なら、私はきっと、あなたの虜《とりこ》になっていたもの」

いたずらっ子のように笑う。

彼女にからかわれていると知って、私は「もぅ、彩花ったら」と笑みを零した。それから、いまがチャンスだと、彩花の髪で隠された傷口へと手を伸ばした。

「レ、レティシア？」

「彩花、ちょっと動かないで」

「動くなって、なにを……っ」

指先で彼女の傷痕に触れる。

皮膚が軽く引き攣って痛々しい。

でも、傷を負った当初よりは、ほんの少しだけ痕跡が薄くなっているように思える。この分なら、あと何年か経てば、目立たないくらいまで回復するだろう。

だけど、乙女の青春はそんなに待ってくれない。私は彩花の傷痕に手を触れたまま、こっそりとエクストラヒールを発動させる。ポーションによって癒やした傷の痕は古傷のようになって治りが遅くなるけれど、砕けた骨すら修復するエクストラヒールの力が、彩花の傷痕を薄れさせていく。

「レティシア、これって……」

「もう少しだから動かないで」

瘴気に侵された魔力が活性化して、体中に痛みが走る。私は歯を食いしばってそれに耐え、

更なる癒やしを彩花に与えていく。

そして再生が止まるのを確認して治癒魔術の行使を終える。途端、強い疲労感が押し寄せて

きて、私は思わず地面に手をついた。

「レ、レティシア、大丈夫？」

「大丈夫、ちょっと目眩がしただけだよ。それより――」

私は異空間収納から手鏡を取り出して彩花に手渡す。傷が癒やされたという感覚があるのだ

ろう。彼女の栗色の瞳が、期待と不安に揺れる。

「これって……」

「自分で確認してみて」

彩花は恐る恐るといった面持ちで鏡を覗き込んだ。

そして――

「う……くっ。うぅ……っ」

彼女の艶のある唇から嗚咽《おえつ》が零れた。

「あ、彩花、泣いてるの？」

もしかしたら、どこかに傷痕が残っていたのだろうか？　もしそうなら、もう一度エクストラヒールを使おう。そう思って差し出した手を、彩花がぎゅっと摑んだ。

「ありがとう、レティシア！」

「……ありがとう？　えっと、喜んでもらえたってことで……いいのかな？」

「当たり前じゃない！　消えないって思ってた傷が消えたんだよ！　これなら髪をアップにしたって平気。全部レティシアのおかげだよ！」

「……そっか。彩花が喜んでくれたのならよかったよ」

「〜〜〜っ」

感極まったのか、彩花が私の胸に飛び込んできた。喜んでくれたのなら、治癒魔術を使った甲斐があった。この調子で、治癒魔術についてスルーしてくれたらいいんだけどな。

なんていう私の淡い期待は、次の彩花のセリフで吹き飛んだ。

「ところで、いまのはなに？」

私の胸に抱きついたまま、顔だけ上げて問い掛けてくる。私の身体がびくりと震えたのが、抱きついている彼女には伝わっただろう。

「ええっと……その、実はすごい回復ポーションを一本だけ隠し持ってたんだよね」

「……手になにも持ってなかったよね？」

ジト目で睨まれる。

どうしようと視線を泳がせていると、彩花がふっと視線を落とした。

「……彩花？」

「ごめん、恩人のレティシアを困らせるつもりなんてなかったの」

「そ、そんな、こっちこそごめんね。実は――」

と、秘密を打ち明けようとすると、彩花の指先が私の唇を押さえた。

「いいよ、無理に言わなくて」

「彩花……」

たぶん、おおよそのことに気付いて、知らない振りをしてくれるつもりだ。その好意に甘えてしまってもいいのだろうか？　教えてしまったほうがいいんじゃないかな？

そんな思いが浮かぶけど、同時にこうも思う。私に聖女の力があることを彩花に打ち明けたら、厄介事に巻き込むことになるかもしれない。

そうして迷っていると、彩花が笑顔で言い放った。

「そんなことより、お祭りに行こう」

「……え、お祭り？」

予想外のセリフに聞き返してしまう。

「今度、帝都でお祭りがあるの。今年は出掛けるつもりはなかったんだけど……あなたのおかげで傷痕が消えたから。だから、一緒にオシャレしてお祭りに行こう！」

「まぁ……いいけど」

「ホント？　約束だからね！」

無邪気に笑う彼女は、私のドレスを模した服を自作すると言った。だったら私は、このあいだ帝都で買ったハイカラさんスタイルで出掛けようかなぁと思いを巡らす。

そうして女中として働きつつ、夜は彩花のドレス作りを手伝う。そんな生活が数日ほど続いたある日、買い出しに出掛けた私は黒塗りの車によって拉致された。

3

私はいま、黒塗りの車でどこかに連れて行かれている。突然現れた女中と、厳めしい格好をした男達の手によって車に連れ込まれたからだ。

抵抗しなかったのは、女中が雨宮家の使いを名乗ったからだ。もっとも、雨宮様がこんなことをするとは思えないので、なにか裏があるのだろう。

その裏を知るために、私は大人しく従っている。そうして車のシートに揺られて帝都の街並みを眺めていると、ほどなくしてワンブロックを取り囲む外壁が見えてきた。

その外壁の向こうには、古式ゆかしい立派なお屋敷が佇んでいる。門には車にあるのと同じ家紋、どうやら雨宮様のご実家のようだ。

建築様式はまるで違うけれど、こういう存在感のあるお屋敷は見たことがある。地脈よりあふれいずる魔力素子《マナ》、その吹き溜りがある地に建てられた神殿が同じ雰囲気を纏っていた。きっと雨宮家のお屋敷も、霊験《れいげん》あらたかな土地に建てられているのだろう。

車は外壁の門を抜けて屋敷の前で止まる。外で出迎えてくれた女中が車の扉を開け、「どうぞ、お降りください」とお辞儀した。

車の乗り降りに対する正式なマナーは知らないけれど、馬車とそう変わらないようだ。そう当たりを付け「ありがとう」とお礼を言って地に足を付ける。

女中はそれを確認し、「お嬢様の下へご案内します」と口にした。

「お嬢様、ですか？」

「お知らせするのが遅くなって申し訳ありません。貴女をお呼びになったのは、雨宮雨音《あまね》お嬢様、伊織お坊ちゃんの姉君でございます」

「雨宮様のお姉様？　なら、どうして最初にそう言ってくださらなかったのですか？」

「申し訳ありません。伊織坊ちゃんには内緒でお呼び立てするようにとの指示があり、念のために、この屋敷にお越しになるまでは、詳細を伏せさせていただきました」

「……そうですか」

どうやらなにか事情がありそうだ。

その事情は本人に聞こう。そう思って女中に案内を頼む。

玄関でブーツを脱ぎ、板張りの廊下を歩く。

調度品の数々は――やはり特務第八大隊の物とは毛色が違う。あちらが西洋に染まっているとしたら、こちらは日本古来の伝統を重んじるイメージ。

時代は新たな様式を好んでいるようだけど、私はこっちのほうが好きだ。そんなことを考えながら歩いていると、女中が紙で出来た仕切りの前で足を止めた。

彼女はそのまま襖《ふすま》の前に膝を突く。

「お嬢様、レティシア様がいらっしゃいました」

「入っていただきなさい」

「かしこまりました。……レティシア様、中で雨音お嬢様がお待ちです」

襖の前で膝を突くと、女中が襖を開けてくれた。

ふわりと広がる草の匂いに驚く。足元を見れば、床は編み込まれた草で出来ている。これは畳だろう。話には聞いていたけれど、実際に目にするのは初めてだ。

感心しながらも片膝を突いたまま、私は相手から声を掛けてくれるのを待つ。

「いらっしゃい、貴女がレティシアさんね。そうかしこまる必要はないわ。どうぞ、楽にして、中に入ってきてちょうだい」

私はその声に応えて立ち上がり、彼女の元へと歩み寄る。彼女は金糸を含む色とりどりの糸で刺繍を施した着物を纏い、畳の上に置かれた座布団の上に正座をして座っていた。

艶やかな黒髪に縁取られた小顔。こちらを見つめる黒い瞳は深みがあり、すべてを見通しているかのようだ。他のパーツも整っていて、さすが雨宮様のお姉様と思わずにはいられない。

彼女の向かい、少し離れたところで足を止め、ワンピースの裾を軽く摘まんだ。

「レティシアと申します。本日はお招きいただきありがとうございます」

片足をもう片方の足の後ろに引いて、わずかに膝を曲げるカーテシー。相手は立っているか、椅子に座っていることが前提で、床に座っているケースは想定にない。

決して見下ろしながらする挨拶ではないのだけれど、私の知る最上級の挨拶で敬意を示した。

それに対し、雨音様は胸の前で手のひらを合わせ、穏やかな微笑みを浮かべた。

「それが異世界の挨拶なのね。西洋の様式と似ていて、とても洗練されているのが分かるわ。こちらこそ、急な呼び立てにもかかわらず応じてくれてありがとう」

彼女の整った顔に柔らかな笑みが浮かんだ。

雨宮様とよく似た整った顔立ち。なのに、雨宮様と違う柔らかな笑みを浮かべる。その表情に見惚れていると、「椅子を用意いたしましょうか？」と尋ねられた。

「お気遣いには感謝いたしますが、私はこの国の文化に憧れています。至らぬ点もあるかもしれませんが、出来ればこの国の作法に則《のっと》りたいと存じます」

「あら、とても嬉しいわ。なら、私の向かいに座ってちょうだい」

畳の上に敷かれた座布団に座るように促される。私はワンピースがシワにならないように気を付けつつ、彼女の座り方を真似して座布団に腰を下ろした。

私はその姿勢に思わず眉を寄せる。

「ふふっ、慣れないと足首が痛いでしょう？」

「それもありますが……」

「あら、他にもなにかあるの？」

「襲撃があったときに反応が遅れそうな座り方だな、と」

私の感想に雨音様はパチクリと瞬いて、それからクスクスと笑った。

「面白いわ、貴女。見た目はお人形のようなのに、伊織みたいなことを言うのね」

「……雨宮様も同じことをおっしゃったのですか？」

「ええ。こーんな顔をしてね」

雨音様は愛想《あいそ》のない表情を作った。

それが仏頂面の雨宮様とそっくりで笑ってしまう。

「雨宮様の姿が目に浮かびます」

「あら、やっぱり。伊織も、貴女の前ではそんな表情を見せているのね」

「それは……どういう意味でしょう？」

たしかに雨宮様は仏頂面のことが多いけれど、それは珍しくもなんともないはずだ。もしかしたら、私は気を許してもらえていないのだろうか？　そう思ったのだけど、雨音様は私が思っているのとは真逆のことを口にする。

「伊織はああ見えて愛想笑いが得意なのよ」

「……雨宮様が、ですか……？」

ぜんぜん想像がつかない。

「そうよ。伊織は雨宮家の次期当主としての教育を受けているからね。内心でどう思っていても愛想笑いを浮かべるのが得意なのよ。それでたくさんの令嬢達が騙《だま》されているわ」

「……愛想笑いを浮かべているところが想像できません。もしかして、私には愛想笑いをする価値もないと思われているのでしょうか？」

見比べたことがないから分からない。

でも、もしそうだったら……ちょっと寂しいなと思った。

「ふふっ、素の——仏頂面の伊織を見たことがあるのでしょ？」

「それは……はい、たぶん」

「なら違うわよ。というか、違うからこそ興味を抱いたの。あの子が自分の功を諦めてまで側に置きたがっている子がいるって聞いたから」

「私のために、雨宮様が功を諦めた……ですか？」

思ってもみなかった言葉に身を乗り出す。

雨音様は目を細め、私に優しい眼差《まなざ》しを向けた。

「あの子からなにも聞いていないの？」

「ええっと……」

巫女関連の機密情報だ。

どこまで話していいのかと視線を泳がせる。

「心配しなくても、私も雨宮家の人間よ。伊織が知っていることは私も知っているし、あの子が知らないことも私は知っているわよ。大本営がどういう決断をしたのかも、ね」

「では、ご存じなのではありませんか？　巫女を立てるための選択だった、と」

人々にとっての希望の光である巫女の初陣。

どのような事情があろうとも、失敗したなどという話が漏れる訳にはいかない。だから、特務第八大隊による救出劇はなかったことになった。

代わりに、特務第八大隊は帝都を守ったという名目で勲章が与えられた。だから、雨宮様が自分の功を諦めたということはないはずだ。

「それは事実よ。でも、だからこそ、迅速に巫女を救出した指揮官の功績をなかったことに出来るものじゃない。あの子はそういった個人の功績を、貴女を守るために使ったの」

私の知らない裏があった。

その核心に触れて息を呑む私に対して、雨音様は穏やかな口調で続けた。

「大本営が貴女のことをあっさりと諦めたでしょう？　異世界の知識という、非常に有益な情報を持っているのにもかかわらず」

「それは……」

私の機嫌を損ねて、協力を得られないという結果を避けるための処置。

そこまで考えて、本当にそれだけだろうかと首を捻る。

「あの子は……まあ正確には、特務第八大隊の選択なのだけど、功績の一部をもって、貴女を特務第八大隊に留め置くことを認めさせたのよ」

「――っ」

そんな取り引きがあったなんて夢にも思わなかった。

「雨宮様達には感謝しなくてはいけませんね」

「あら、感謝する必要はないわよ。だって、貴女がそれだけ有用だと思った証拠だもの」

「ですが……」

私をここに呼んだのは、その事実を突き付けて恩返しを迫るつもりでは？　と、視線で問い掛ければ、雨音様は首をゆるりと横に振った。

「言ったでしょ。伊織がそこまで入れ込んでいる貴女に興味を抱いたって」

「あ、雨宮様は別に、私に入れ込んでなどいませんっ」

変な誤解を受けている気がして慌てて否定する。

「そうかしら？　あの子が、自身の功を手放すなんて相当なことだと思うけど」

「どうしてそう言いきれるのですか？」

「あの子にとって、功績はなによりも重要なものだからよ。あの子が雨宮家の次期当主として返り咲くためには、汚名をそそぐほどの功績が必要だから」

「次期当主として返り咲く……」

そういえば、雨宮様は次期公爵の座を降ろされたという話を聞いたことがある。もしも次期公爵の地位に返り咲くことを望んでいるのなら、たしかに功績は必要だろう。

……待って。

雨宮様が次期公爵の地位から降ろされたのなら、いまは誰が次期公爵候補なの？　雨音様じゃない？　もしくは、雨音様の結婚相手かもしれない。

だとしたら、雨宮様が功績を挙げることは望ましくないはずよ。私を攫《さら》うような真似をしてまで、雨音様が私をここに呼んだ理由はなに？

そうやって警戒心を露《あら》わにすると、雨音様は微笑んだ。

「そこに行き着くなんてずいぶんと聡《さと》いわね。でも警戒する必要はないわ。伊織はいまでも当主になるつもりだし、私は当主の座を望んでいない。あの子と私の利害は一致しているわ」

「そう、なのですか？」

「恋愛は自由であるべきだと思わない？」

「……え？　あ、あぁ、なるほど。雨音様はそうお考えなのですね」

雨音様が後継者になるには政略結婚が必要で、雨音様はそれを望んでいない。だから、雨宮様が次期公爵になることを望んでいる？

「理解いたしました。では私が貴女がたの計画を邪魔したことになるのですね」

「たしかに、あの子が功績を捨てたのには驚いたわ。次期公爵への道を諦めたのかと思ったから。それをたしかめたくて、貴女に会ってみようと思ったの」

「そうでしたか」

私が、功績を捨ててまで護るに足る人物かたしかめるのが目的。ならば、彼女は私を見て、どういった感想を抱いたのだろう？

そんな疑問に答えるように——否、ある意味では答えないことを彼女は示した。

「私は伊織のすることに文句を付けるつもりはないの。それに、伊織が貴女を助けたのは、あの子自身の意思よ。だから、貴女が責任を感じる必要はないわ」

関与しない——という意味ではないと思う。たぶん、私が雨宮様にとっての害にしかならないのなら、彼女は容赦なく私を排除しようとするだろう。

そんな予感がした。

つまり、まぁ……ぶっちゃけると、排除されたくなければ頑張れ、ということだろう。

でも、言われるまでもないことだ。

この世界で行き場を失った私を拾ってくれた雨宮様達への恩を忘れたことはないし、美琴さんから力を借りるためにも彼らの協力は必要だ。

「雨宮様や特務第八大隊から受けた恩は必ず返します」

私が決意を露わにすると、彼女は固い蕾《つぼみ》が花開くように微笑んだ。

4

それから数日が経ち、帝都にお祭りの日がやって来た。軍部の人達は相変わらずのお仕事だけど、今日は朝からどこか浮かれているように見える。

でも、一番浮かれていたのはきっと私だろう。

私は祖国で何度かお祭りを見たことがある。でもそれは、たまたま立ち寄った町でお祭りをしていたとか、そういう意味での『見た』だ。

お祭りを見たことはあっても、自分がお祭りに参加したことはない。だから私は、彩花に誘われてからずっと、今日のお祭りを心待ちにしていた。

その日の仕事を終えて部屋に戻ると、そこに彩花がやってきた。

彼女は両手に自作の衣装を抱えている。

「レティシア、一緒に着替えましょ。私も一人で着替えるのは不安だし、あなたもハイカラさんスタイルの着物を着るのは初めてでしょ？」

「そうだね。私も手伝ってくれると助かるよ」

ベッドの上に、服飾店で買いそろえた着物一式を並べる。

朱色と白の矢絣柄《やがすりがら》の着物に、小豆色《あずき》の袴。ハイカラさんスタイルの着物で、合わせて肌襦袢に長襦袢、それに裾除け《すそよ》と腰紐、帯と襟留めなどを並べる。

後は編み上げのブーツを用意した。

女中の制服である着物を脱ぎ捨て、下着の上に裾除け、肌襦袢、長襦袢と身に付けていき、最後に着物を羽織る。この時点ではまだ腰紐で止めず、脱いだ仕事着を畳んでいく。

続いて、襦袢などを整えて、最後に帯を締める。私の知っている着物は腰で長さを調節するのだけど、この着物は最初から丈が短かった。

「彩花、この着物の裾はこれで大丈夫なの？」

「え？　あぁ、袴を穿《は》くから大丈夫よ」

「あぁそっか、それで最初から丈が短いんだ」

「さすがに説明しても分からないでしょ。やってあげるからこっちを向いて」

彩花が私の前に膝をつき、袴を両手で私の腰の位置まで持ち上げた。

「はい、ここに足を通して」

袴の前面と背面、二つの生地を合わせたあいだに足を通すように促される。私は言われた通りに、左右の足をそこに通した。

その直後、袴の前面、左右のヒモを握っていた彩花が私の腰に抱きついてきた。

「え、彩花？」

「動かないで。袴が結べないから」

「……え、え？」

困惑する私を他所に、私の腰に抱きついた彩花の手が、私の腰の部分でもぞもぞと動く。なにをしているのかと思ったら、後ろに回した左右のヒモを一周させて前に持って来た。

更《さら》に前面で、そのヒモが重なるようにくるっと捻って、再び私の背後に持っていく。

「はい、ちょっと締めるよ～」

言うが早いか、腰より少し下の部分でヒモがギューッと引き絞られる。

「ちょうどいいところで教えてね」

「ちょうどいいところが分からないけど、結構キツいかも？」

「帯とはまた違う位置を締めるからね。慣れないと苦しいかも？　という訳で、苦しくないように緩めにしておくね。緩すぎたら、歩いているうちに袴が落ちるけど」

「落ちたら大惨事だよね!?　我慢するからもう少し締めて！」

公衆の面前でスカートが落ちたらお嫁に行けなくなる。袴とスカートとは違うかもしれないけれど、それでも感覚的にはすごく嫌だときつめに締めてもらう。

「じゃあ次、後ろの部分は腰帯に乗せて……後はヒモを締めて完成～」

「……これだけ？」

最初のヒモはわりと締めたのに、後ろの部分は、前に引っ張ってきたヒモを、正面の少し横でちょうちょ結びみたいな感じで軽く結んだだけである。

それこそ、ちょっと引っ張れば解《ほど》けてしまいそうだ。

「大丈夫よ。そうそう脱げたりしないから」

「……そうそうは脱げなくても、希《まれ》には脱げたりするんだ……」

ハイカラさんスタイル、無防備すぎ！　と、私は戦慄した。

万が一を考えて少し動き回ってみるけれど、とくに袴が脱げることはなさそうだ。今度は、私が彩花にドレスを着付けてあげる番だ。

彼女が作ったのは、紺色の生地を使った、オフショルダーのAラインドレス。スカートの長さは前後でアシンメトリーになっているデザインで、肩には透かし編みのボレロを纏っている。

胸元の露出を抑えつつ、うっすらと残る傷を隠す効果も狙っている。

ちなみに、髪は私とおそろいでハーフアップだ。

彩花と私、対照的なデザインの衣装に身を包み、仲良く帝都のお祭りへと足を運んだ。

「うわぁ……いつにも増してすごい人の数だね」

近年、帝都の人口は爆発的に上昇していて、いまは二百万人を超えているそうだ。故郷の国では、王都でも数十万人が精々だったので、この国がいかに発展しているのかがうかがえる。

そんな帝都の人口が、今日だけは何倍にもなったように感じられる。

表通りには出店が並んでいて、提灯《ちょうちん》の明かりでライトアップされている。更に街灯が街を照らし、夜なのに信じられないくらい周囲が明るい。

「すごいすごい、こんなに大きなお祭りだなんて思わなかったよ！」

クルクル回ってはしゃいでいると、子供を見守るような目をした彩花と視線が合った。私は急に恥ずかしくなって俯く。それから、ちょっぴり上目遣いで彩花を見た。

「えっと……すごく、大きなお祭りなんだね」

「だよね。私も初めてお祭りを見たときは驚いたわよ」

「そういえば、彩花も帝都には最近来たんだっけ？」

「ええ、数年前にね」

彩花はオシャレなモガを目指す可愛らしい女の子であると同時に、田舎の家族に仕送りをするために頑張る優しい女の子だ。

そんな彼女が、この世界に来て最初の友達になってくれたのは、私にとっての幸運だった。

「ねぇ彩花、ありがとうね」

「なによ、急に。お祭りに誘ったことを言っているの？」

「そうだね、そんな感じかな？」

ここで『友達になってくれてありがとう』なんて言っても呆れられるだけだろう。だから私は表情を綻ばせ、彩花の手を引いた。

「ね、あっちのお店見てみようよ。簪《かんざし》が売ってるよ」

「あっちにはコサージュが売ってるわよ？」

「コサージュより簪のほうがいいじゃないっ」

「レティシアは本当に和風の物が好きなのね」

「彩花は洋風のほうが好きだものね。でも私、こういう和洋折衷のデザインもいいと思うよ」

私が身に付けているのはハイカラさんスタイル。着物や袴は日本古来のものだけど、編み上げのブーツは外国から入ってきたものだ。

女性が袴を普通に着用出来るようになったのも最近で、外国の影響を受けた結果らしい。ハイカラさんスタイルは、和の装いであると同時に、外国の文化が取り入れられている。

私は、そんなハイカラさんスタイルがすっかりお気に入りだ。

「そんなこと言って、ほんとに袴が脱げないか、何度もたしかめていたくせに」

「デザインが気に入るのと、脱げないかどうか不安なのは別だもの。それにそんなことを言ったら、彩花だって胸元がスースーするとか言ってたじゃない」

文明開化でずいぶんな変化があったとはいえ、胸元の開いたドレスは前衛的だ。彩花はボレロを羽織っているけれど、それでも顔をしかめる者はいるだろう。

「私だって、恥ずかしいのは恥ずかしいわよ。レティシアと違って私はスタイルもよくないし、こんな大胆なドレス、似合わないかもしれない……って」

「そんなことないわよ、よく似合ってる」

「……ホント？」

問い掛けてくる彩花がとても可愛い。

私は本当よと笑って、異空間収納から髪留めを取り出して彼女に渡す。聖女の力で浄化した小さな魔石がワンポイントの御守《おまも》り、プラチナ製のバレッタである。

「小物を作る時間はなかったでしょ？　彩花の髪はサラツヤだから、きっとそのバレッタは映えるよ。今日のお祭りに誘ってくれたお礼にあげる」

「え、そんな、もらえないよ」

「いいから、動かないで」

彩花の髪にバレッタを付ける。こげ茶色の髪には、小さな魔石の輝くバレッタがよく映えると、私は表情を綻ばせた。

「ほら、まるで彩花のために作られた一点物みたいに似合ってるよ」

「も、もう、ほんとに、レティシアって人は……っ」

なぜか真っ赤な顔の彩花に、上目遣いで睨まれてしまった。

「……彩花、気に入らなかった？」

「そんな訳ないでしょ。でも私、レティシアからもらってばっかりじゃない」

「そんなことはないけど……」

「あるのっ。もう、今日の買い食いは全部私のおごりだからね！　これからオススメの場所に連れて行ってあげるから、私についてきなさいっ！」

左手を腰に手を当てて、右手をビシッと突きつけてくる。

私は笑って、彩花の後をついて回ることに決めた。

輪投げで遊んでみたり、出店でワッフルを買って二人で並んで食べたりする。いくつかの出店を回ってお祭りを満喫していると、背後から呼び止められる。

振り返ると、そこには浴衣《ゆかた》を纏った美琴さんの姿があった。

「あら、美琴さん。一人ですか？」

「いえ、井上さんと一緒です」

美琴さんが背後にちらりと視線を向けてはにかんだ。

井上さんは軍服姿なので、美琴さんの護衛として同行しているのだろう。だけど、美琴さんが彼を見る視線には、それ以上の親しみが込められているように感じる。特務第一大隊の元隊長は困った人だったけど、井上さんとは良好な関係を築けているようでなによりだ。

「それより、レティシアさん。先日はありがとうございました」

「え、あぁ……いえ、私はとくになにもしていないので」

「そんなことありません。ね、井上さん？」

美琴さんが視線を向けると、井上さんも「おまえ達には感謝している」と続いた。詳細について触れないのは、こちらに彩花がいるからだろう。

「そこまでおっしゃるのなら、感謝の言葉は受け取っておきます。そういえば、ご神水を提供してくださったそうで、ありがとうございます。それと……蓮くんはどうなりましたか？」

「ご神水を作るのはいい練習になりましたから気にしないでください」

美琴さんはふわりと笑って、それから無邪気な顔で首を傾げた。

「ところで、蓮くんって、誰のことですか？」

私は息を呑んだ。

なんで？　どうして美琴さんが蓮くんの名前を知らないの？　特務第八大隊から、特務第一大隊を通して、正式に巫女による治療をお願いしたはずだよね？

待って……特務第一大隊を、通して？　あのときの隊長は、高倉隊長だった。

まさか――っ。

考えに耽っていた私は、美琴さんに腕を摑まれて身を震わせた。

「レティシアさん、どうかしましたか？」

「い、いいえ、なんでもありません」

高倉隊長が失脚したことで特務第八大隊と、特務第一大隊の関係が変わり始めている。なのに、ここで彼らを問いただすと、関係がまたこじれるかもしれない。

ひとまず、雨宮様に確認してみようと私は心に決めた。

エピローグ
祭りが終わって……

お祭りを終え、晴れない思いを隠したまま、彩花と共に宿舎へと帰る。使用人が通る裏口へと向かう途中、人の気配に気付いた私は足を止めた。

「レティシア、どうかしたの？」

「うん、ちょっと用事を思いだしたから、先に戻っててくれる？」

「いいけど……一人で大丈夫？　用事なら手伝おっか？」

気を使ってくれる彩花に、私は必要ないと首を横に振った。

「今日は誘ってくれてありがとうね。すごく嬉しかったよ！」

「喜んでくれたのなら私も嬉しいよ。また来年も一緒にお祭りに行こうね」

「うん、もちろんだよ」

蓮くんのことはすぐに解決するはずだ。来年には私の魔石の浄化も終わり、魔封じの手枷も外すことが出来ているだろう。そう信じて彩花と約束をする。

魔王軍との戦いを続けていた頃の私には、来年の予定を立てる余裕なんてなかった。それどころか、明日生きているかだって分からなかった。そんな私が、来年もお祭りを見ようねって、友達と約束するなんて夢みたいだ。

私はその幸せを嚙みしめて、彩花が宿舎に戻るのを見送った。

そうして、私は敷地内の裏手へと歩き出す。

紅蓮さん達と剣術の訓練をしていた、空き地の隅っこにある大木の近く。月明かりに照らされたその場所に、雨宮様が静かに佇んでいた。

艶のある彼の黒髪が、月明かりを受けて淡く輝いて見える。

「こんばんは、雨宮様。よい夜ですね」

「ああ、よい夜だな。レティシア、祭りは楽しめたか?」

「どうして私がお祭りに行ったことをご存じなのですか?」

「……その格好でなにを言ってるんだ?」

「格好、ですか?」

「おまえの私服はいままで、すべて故郷のファッションだった。だが、今日はハイカラさんスタイルで、髪型にもこだわりを感じる。誰かと祭りに行っていたのだろう?」

思わず目を見張る。まさか、雨宮様が私のファッションを気に掛けてくれているなんて思ってもみなかった。

「それで、誰と出かけていたのだ? 紅蓮とアーネストは見回りのはずだが」

「彩花です。同じ女中のお友達なんです」

「そうか、女中の友達か」

雨宮様の表情がふっと柔らかくなった。

「……雨宮様は、どうして私によくして下さるのですか?」

雨音様に話を聞いてからずっと考えていたことを尋ねると、雨宮様はぴくりとその整った眉を動かした。それから一呼吸置いて、「突然どうしたのだ？」と口にした。

「実は先日、雨音様にお招きをいただきまして」

「雨音姉さんが？　そうか……あのお節介め」

「功績を上げて得られるはずだった雨宮様の利益を、私を守るために使ってくださったとうかがいました。……本当、なのですね」

「……そう、だと言ったら？」

私の反応をたしかめるようにゆっくりと、雨宮様の手が私に向かって伸ばされる。それを無言で受け入れると、彼の手が私の髪にそっと触れた。

雨宮様が私のためにそこまでする理由はそう多くない。

「私との、政略結婚をご所望ですか？」

「……なに？」

雨宮様の手が私の髪から離れ、その瞳が真意を問いただすように私へと向けられる。

「雨宮様は次期当主の地位を取り戻すことが悲願だとうかがいました。けれど、その目的に必要な功績を私のために使った。その理由を、私はずっと考えていました」

「その理由が、政略結婚だと？」

「雨宮様は私の能力に気付いていますよね？」

巫女でなくとも、巫女に近い存在であるとは確信しているはずだ。

そんな私の伴侶ともなれば、この国での影響は計り知れない。次期当主の地位に返り咲くことなど容易《たやす》いことだろう。であれば、それゆえに私を助けてもおかしくはない。

「おまえは、俺が政略結婚のために助けたと思っているのか？」

「……分かりません」

もしそうだったとしたら——少し寂しいと思う。

でも、私は自分の価値をよく知っている。聖女を手に入れることで得られる権力を目当てに、私を伴侶にしようとした貴族も一人や二人ではない。

その中には、雨宮様のように優しそうだった人もいる。

「はあ……そうか」

彼の顔には呆れたと書いてある。

「……雨宮様？」

「いいか、よく聞け。俺がおまえを助けたのは、おまえが仲間のために、自らの秘密が明るみに出る危険を冒してくれたからだ」

「……それだけ、ですか？」

「そうだが？」

「……本当に？」

「しつこいぞ」

雨宮様はぶっきらぼうに言い捨てて明後日の方を向いた。わずかな沈黙を挟み、彼は静かに「レティシア」と呟いた。私は無言で小首を傾げる。

「おまえは……政略結婚を迫られたことがあるのか？」

「ええ、まあ、それなりには」

「そうか……」

どうしてそんなことを聞くんだろう？　そう思っていたら、雨宮様がもう一言付け足した。

「それは、この国に来てからも、か？」

「え、いえ、それはありません。私の力を知るのは雨宮様だけですから」

「つまり、その力を知られると、政略結婚を迫られる可能性がある、ということか」

私は少し考える。

元の世界とここは文字通り世界が違う。なので、価値観が異なる点もあるが、巫女に準ずる力を持つ娘を伴侶とすることで得られる利益があるという構造は変わらないだろう。

「権力を笠《かさ》に着て迫られる――くらいは覚悟した方がいいでしょうね。というか、美琴さんにはそのような話はないのですか？　彼女こそ、伴侶にする影響は大きいでしょう？」

公的には、世界を救える唯一の存在と言っても過言ではない。

「巫女の扱いについては上層部が睨みを利《き》かせているからな。……だが、そうか。彼女と比べると、おまえは後ろ盾がない状態、ということか……」

雨宮様はそう言って沈黙、それから私へと視線を戻した。

「レティシア、おまえには感謝している。だから、もしもおまえを不当に扱おうとする者がいたら相談しろ。俺が必ず助けてやる」

「……それはつまり、だから特務第八大隊を離れるな――ということですか？」

私の問いに、雨宮様は即座に首を横に振った。

「第八で保護すると言ったのは、あくまでおまえを護るための建前だ。こちらの都合に巻き込まれ、それでも危険を顧みずに手を貸してくれた。そんな恩人のおまえを束縛するつもりはない。だからレティシア、おまえは――自由に生きろ」

雨宮様の声がウルスラの遺言と重なって聞こえた。

鼓動がトクンと高鳴るのを感じ、私は手のひらを胸に押し当てる。

「……決めました。これからも雨宮様……特務第八大隊にいさせてください」

「そうか……ならば勝手にしろ」

「はい、勝手にします！」

私は雨宮様に向かって破顔した。

それから、「そうだ――」と異空間収納にしまっていた綿アメを取り出す。それを「お土産です、お一ついかがですか？」と差し出した。

「ふむ。あまり甘すぎる物は好きではないんだが――」

雨宮様はそう言いつつ、綿アメの棒――ではなく、棒を持つ私の腕を掴んで自分の方へと引き寄せた。そうして「一口だけもらおう」と、私が手に持つ綿アメに齧《かじ》り付く。

「……うむ、やはり甘いな」

その光景が凄まじく絵になっている。甘いのは雨宮様の行動ですよ！　なんて内心で思いながらも、私は「それはよかったです」となんでもないふうを装って綿アメを一口齧った。

……うん、物凄く甘い。

そう思っていたら、また雨宮様が私の腕を掴んで、もう一口綿アメを齧った。

「あ、雨宮様？」

「うむ、やはり甘いな。レティシア、コーヒーはないのか？」

「もう、仕方ありませんね」

異空間収納から、グラスに入ったアイスコーヒーを取り出して雨宮様に差し出す。彼はそれを口にすると「ふむ。コーヒーと合わせると悪くないな」と笑う。

その後も、雨宮様はかたくなに綿アメを受け取ろうとせず、私の腕を掴んで綿アメに齧り付く。そうして他愛もない会話をしながら、お祭りの余韻を楽しんだ。

そうして綿アメを食べ終え、空になったグラスは異空間収納にしまう。

私は背筋を正し「ところで、雨宮様にうかがいたいことがあります」と口にした。

「なんだ、急にあらたまって」

「蓮くんのことです。特務第一大隊に、美琴さんに治療するようにお願いしてくださったのですよね？　間違い、ありませんか？」

「あぁ、そのことか。報告がまだだったな。たしか、治療は順調だという、特務第一大隊からの報告が入っていたはずだ」

私は唇を噛んだ。雨宮様に嘘を吐いている様子はない。なにより、嘘を吐く理由もないだろう。でも、美琴さんだってそれは同じだ。

「レティシア、一体どうしたというのだ？」

「実は……」

美琴さんに、蓮くんのことを聞いたら、誰のことか分からないと言われたと打ち明ける。その瞬間、雨宮様の表情が明らかに変わった。

「……馬鹿な。まさか――っ」

おそらく、私と同じ人物を思い浮かべたのだろう。蓮くんがどうなったかたしかめなくてはいけない。そう思った矢先、一瞬だけ空が明るくなり、ほぼ同時に爆発音が響いた。

「……いまのは、なんでしょう？」

「爆発音だな。方角は……特務第一大隊のほうか」

雨宮様が険しい顔で光の消えた空を睨みつける。

「奇襲……でしょうか？」

「そのようだ。レティシアの言う通り、一筋縄ではいかぬ妖魔がいるようだな」

手薄な本部を狙われた。帝都の護りがお祭りに割かれると知っての行動だろう。そして同時に、今回の事件がまだ終わっていないことを示している。

雨宮様が「ついてこい」と歩き始める。

「どこへ向かうのですか？」

「特務第八大隊の司令室だ。必要なら救援がいるし、特務第一大隊が狙われた以上、こちらにも襲撃があるかもしれん。どちらにせよ情報が必要だ」

「分かりました」

急いで司令室に移動すると、既に笹木大佐様が慌ただしく指示を飛ばしていた。無線機によって、すぐに各方面の情報が集まる。

幸いなことに、美琴さんの安全は確保されていて、特務第一大隊にも大きな被害はなかったそうだ。建物には多少の被害が出たものの、既に妖魔は撃退済みで、事態は収束したとのこと。

その事実に安堵する。このときの私は、蓮くんが、拘束されていたはずの高倉元隊長と共に行方をくらませたことをまだ知らなかった。

書き下ろし
番外編

甘ったるいミルクティーのような午後

時間は少し巻き戻り、巫女の遠征よりも少し前の出来事。

とある仕事終わりの午後。

私は彩花を誘って、帝都の中央区まで足を運んだ。彩花はハイカラさんスタイルで、私は異空間収納にしまっていた故郷の藤色のドレスを身に纏っている。

道行く人々が振り返るのはきっと、ハイカラさんスタイルの彩花が可愛いからだろう。

「どう考えても、レティシアのドレス姿が目立っているからでしょう」

「え、どうして私の考えていることが分かったの？」

「声に出ていたわよ。それより急に買い物がしたい、なんて。なにがお目当てなの？」

「あ～……えっと、特に理由は、ないんだけど……」

「……？　ないのに、買い物がしたくなったの？」

「あーそう、ウィンドウショッピング！　帝都の流行を調査してみたいなって」

「……まあいいけど。急に呼びつけたんだからお茶くらいおごりなさいよね」

「お茶ならここにあるわよ？」

異空間収納からアイスティーを取り出そうとしたら、自重しなさいと肘でつつかれた。私は冗談だよと笑って「じゃあ帰りにどこか寄ろうか？」と提案する。

「いいわね。ちょうど行ってみたいカフェがあったの」

「じゃあ今日付き合ってくれたお礼におごるね」

帰りに寄る約束をして、それから表通りにある食器店に足を運んだ。そこには、帝都における流行の最先端を行く食器が売られている。

「あら、レティシアのお目当てって食器だったの？　たしか、レティシアって食器とかたくさん持ってるわよね？　出来合いのものを保管しているから」

「まあ、そうなんだけどね～」

戦場では食事を作る手間も惜しい。

だから空き時間に飲食物を用意しては、異空間収納にしまっていた。飲み物と料理の分だけ食器が必要だから、異空間収納の中にはお店を開けるほどの食器が揃っている。

だけど――

「その、私の故郷とは流行が違うでしょ？」

「そう？　レティシアの持ち物って、大抵はこっちでは流行の最先端だと思うけど」

「うっ。まあ、そうなんだけど。でも、ほら……人によって好みって違うじゃない？」

「まあ、そうね。……それで？」

「その――男の人って、どういう食器が好きだと思う!?」

ちょっぴり早口で尋ねると、彩花は「ええっと……どういうこと？」と怪訝な顔をする。

「だから、ええっと――雨宮様!?」

言い淀んで視線を外した先、そこに雨宮様の姿を見つけて私は息を呑んだ。彼は私の声に気付き、無造作に近付いて来た。

「レティシアではないか。こんなところで奇遇だな」

「……はい、そうですね」

わずかな気まずさを覚えて視線を彷徨わせる。視界の隅で彩花が「――あっ！」という顔をした。そして次の瞬間には小悪魔のような笑みを浮かべる。

「レティシアごめん、私、急用を思い出したわ！」

「は？　え、ちょっと……嘘でしょ？」

批難ではなく、文字通り疑いの言葉。でも彩花は「ほんと、ほんと」と笑って、それから雨宮様に視線を向けて茶目っ気のある声を発した。

「雨宮副隊長様、もしよろしければレティシアの食器選びに付き合っていただけませんか？」

「食器を選ぶのか？」

「男性目線の意見が知りたいそうです」

「ふむ。まあ……いいだろう」

「感謝いたします。――という訳だからレティシア、私はもう行くわね」

「いや、だから――って、彩花!?」

引き止めようとするも、彩花は踵を返して離れていく。そうして店を出る瞬間、彼女はとびっきりイタズラっぽい笑みを浮かべてこう言った。

「お詫《わ》びは、カフェのおごり二回ね」

なぜ二回なのか考えたのは一瞬。

彩花が私におごるのではなく、今日おごる予定にもう一回プラスしての二回、私が彩花におごるという意味だと気付き「もう、彩花！」と叫ぶが、彼女は既に視界から消えていた。

そうして我に返った私は困って、雨宮様に視線を向ける。

「えっと……その、ご迷惑ですよね？」

「いや、食器を選ぶくらいかまわぬぞ。それに、男性目線の意見が欲しいということは、お茶菓子を出すときに使うつもりなのではないか？」

「それは、えっと……まぁ」

ストレートに言い当てられ、しかも言い訳を思い付かなかった私は言葉を濁す。でも、ここまで来たら選んでもらったほうがいいと顔を上げた。

彩花に乗せられるのはシャクだけど。

「参考までにお聞きしたいのですが、雨宮様はどのような食器がお好きですか？」

「俺か？　そうだな……」

雨宮様は顎に手を当て、店内に並べられている食器に目を向ける。このお店には日本古来の瀬戸物から、海外から入ってきた高級陶磁器まで様々な種類の食器が並べられている。

雨宮様はまずお茶碗《ちゃわん》に目を向けた。

「うちは古くから続く家柄でな。普段は日本古来の食器を愛用しているのだが……ふむ」

彼はそう言うと、続けて西洋の食器に目を向けた。

西洋の食器は、私の故郷で使われていた食器――つまりは、私が異空間収納にしまっている食器とよく似ているものが多い。それらを眺めていた雨宮様がふっと破顔する。

「最近は、こういう食器も悪くないと思うようになった」

「なにか……心境の変化があったのですか？」

「心境の変化か……そうだな」

雨宮様は小さく笑って、私の頭にポンと手を置いた。

「雨宮様？」

「いや、なんでもない。それより好みの食器だったたな。俺はこれが好みだ」

雨宮様が指差したのは美しい模様が入ったクリスタルグラス。お皿でもなく、カトラリーでもなくグラス。それを目にした私の脳裏に、ふとあることが浮かんだ。

「……雨宮様は、アイスティーがお気に入りですか？」

「正解だ」

雨宮様がイタズラっぽく笑う。どちらかというとクールな雨宮様のレアな姿に驚いていると、彼は店員を呼びつけてそのグラスのセットを注文してしまった。

「……どうして雨宮様がご購入なさるのですか？」

問い掛けるが、雨宮様はふっと笑って教えてくれない。雨宮様は「ところで、レティシアはどういった食器が好みなんだ？」と問い掛けてきた。

「そう、ですね……」

私が食器を探していたのは、雨宮様達に紅茶やお菓子をお出しするときに使うためだ。だから雨宮様に好みを聞いたのに、雨宮様に購入されてしまったら意味がない。

さっき、目的に気付いているような発言をしてたのに、どうして自分で買っちゃうかな？

そんな不満を抱きつつ、雨宮様の選んだクリスタルグラスを参考に候補を選ぶ。でも、どれも、雨宮様が選んだグラスを見た後だと見劣り感が否めない。

どうしたものかと悩んでいると、店員が包装を終えた商品を持って来た。雨宮様は代金を支払って、梱包《こんぽう》されたクリスタルグラスセットを受け取る。

そして――

包みをそのまま差し出された私は軽く目を見張った。

「……あの、これは？」

「見ていただろう。クリスタルグラスのセットだ」

「いえ、そうではなくて、どうして私に渡すのですか？」

「決まっているだろう。これはレティシアへのプレゼント……いや、その言葉は正しくはないな。これは――」

雨宮様がわずかに沈黙する。

不思議に思って手元から顔を上げると、午後の陽差しが目に入った。

眩しさに目を細める私の前、陽だまりの中で雨宮様が思いのほか真剣な眼差しで言葉を続けた。

「レティシア、このグラスを使って、これからも俺に紅茶を淹れてくれないか?」

シロップをたっぷり入れたミルクティーみたいに甘い言葉。

私は予想外の言葉に大きく目を見張り、心から微笑みを返した。

大正浪漫に異世界聖女
私は巫女じゃありません！

あとがき

『大正浪漫に異世界聖女　私は巫女じゃありません！』を手に取っていただきありがとうございます。『悪役令嬢のお気に入り　王子……邪魔っ』に続き、今作のイラストも史歩さんに担当していただいてご満悦《まんえつ》の緋色の雨です。

今作もすごく綺麗に仕上げていただいて感謝の言葉もありません。あとがきを読んでいるみなさんの中にも、表紙に惹かれて今作を手に取った方も多いのではないでしょうか？

と、いきなりイラストのことから語りましたが、せっかくなので内容についても少し。

今作はタイトルにもあるように、大正浪漫と聖女がモチーフです。

新作について担当さんに相談したとき、大正モノが流行だと知り、大正か、大正……と、あれこれ考えていたときに、不意に思い浮かんだのがこのタイトルでした。

どちらも定番だけど、対照的な世界観を持つ二つの設定を混ぜたらどうなるんだろう？　そんなふうに考えながら書き上げたのが今作となります。

という訳で『大正浪漫に異世界聖女』楽しんでいただけたら幸いです！

その他、近況など。

王子邪魔の五巻、コミカライズ版の三巻が今年の早い段階で発売予定となっています。

それと今年は新シリーズをもう一作発売予定で、財閥《ざいばつ》がある現代日本を舞台にした悪役令嬢モノとなっています。こちらも併せてご覧いただければ幸いです。

その他は他社の情報で詳しくは書けないんですが、いくつか予定しています。もし気になる方は、緋色の雨のTwitterなどを検索してみてください。

最後になりましたが、イラストレーターの史歩様。今作でも素敵なイラストをありがとうございます。今後とも何卒よろしくお願いいたします。

続いて担当の黒田様、素敵なアイディアをありがとうございました。黒田さんの大正モノという言葉がなければ、今作は生まれなかったと思います。また副担当の髙柳様、なにかとご支援くださりありがとうございます。今後ともよろしくお願いします！　その他、今作に関わったすべてのみなさんに感謝を言わせてください。ありがとうございます！

それでは、次巻でまた会えることを願って――

一月某日　緋色の雨

近刊情報！

コミカライズも
好評連載中！

漫画：
しいなみなみ

王子とアイリスの間に魔王ディアロス、降臨。

悪役令嬢のお気に入り　王子……邪魔っ 4

著：緋色の雨　　イラスト：史歩

アイリスの魂は何度も巻戻り転生していて、そのことにはどうやら故国に残してきた妹・ジゼルも関係しているらしい。その事実と共に妹に迫る危機を知ったアイリスは、建設中の町を視察する名目でジゼル達と落ち合う。そこにはもちろんアルヴィン王子やフィオナもついてきて、面会の場は必然的に外交の場に。アイリスが関わると想像以上にことが大きくなってしまうとさしもの王子も呆れ気味。挙句の果てには魔族も現れ、彼らの王・ディアロスがアイリスに興味を持ち始めて…!?

PASH UP!
URL　https://pash-up.jp/
Twitter　@pash_ _up

PASH!ブックス

「お前“で”いいから結婚してくれ」ってなんなの!?
不器用すぎる二人のもだもだ両片思いこじらせラブ♡

騎士団長、そのプロポーズはありえません！

著：橘叶和　イラスト：園見亜季

モンスターを討伐する「遊撃騎士団」の副団長ケイトは、魔法騎士としての腕と頭脳を併せ持つシゴデキのクールビューティー。だが実は恋愛はからっきしで、団長のネッドに10年以上密かに片思い中。そんなある日、打ち上げで酔ったネッドに突然「この際だ、お前でいい！」とありえないプロポーズをされて思わずジョッキで殴ってしまい!?　開き直って恋を爆発させたネッドと、素直になれないケイトの騎士団内恋愛バトルの行方は――!?

ヘタレでド天然な大型犬系騎士様が、
ついに狼に姿を変える!?

私の主人は大きな犬系騎士様 2
婚約者は妹と結婚するそうなので 私は魔導騎士様のお世話係になります！

著：結生まひろ　イラスト：眠介

婚約破棄され家を追い出された後、クレスの屋敷で働くルビナは、無意識に距離を縮めてくるクレスにドキドキしっぱなし。一方のクレスも、ルビナへの恋心を自覚してから思い悩む日々を送っていた。そんなある日、ルビナの元婚約者・ワルターが、ルビナのもとに押しかけてくる。家に帰ってくるよう迫るワルターに対し、ルビナがとった行動とは…？　そして惹かれ合うルビナとクレスの恋の行方は…!?　我儘放題だった妹・イナのその後や、王太子とその妃の苦悩、ルビナの母の隠された真実など、むずきゅん＆急展開の第二巻！

PASH!《パッシュ》 BOOKS《ブックス》

URL https://pashbooks.jp/
Twitter @pashbooks

「この世界はわたしには生きづらい…」全然なりすませてない転生令嬢のコメディ×サスペンス×ときどきラブ⁉

元暗殺者、転生して貴族の令嬢になりました。

著：音無砂月　　イラスト：みれあ

任務に失敗した暗殺者が転生したのは、公爵令嬢のセレナ。「私は元暗殺者。なりすますなんて簡単だ」そう思っていたセレナだが、頭がお花畑な母親や、彼女を蹴落とそうと周りを欺く義妹などとの感覚のズレにいら立ち、生きづらさを感じていた。マウントだらけのお茶会に、ドロドロな学園生活……。周囲からの嫌がらせを冷めた目で痛烈にかわしながらも、その冷徹さゆえに疎まれ孤立していくセレナ。そしてある日、義妹が第二王子と婚約することを知り、ついに家出を決意する。しかしそこに、第一王子のエヴァンが現れて――⁉　愛を知らない冷血な元暗殺者は、怯むことなく貴族社会を突き進む！

あーもう、オリヴィアは可愛いなぁ！
これ以上僕の心を奪ってどうするつもりなの？

王太子に婚約破棄されたので、もうバカのふりはやめようと思います 2

著：狭山ひびき　　イラスト：硝音あや

王子たちとお見合いするため、隣国からフロレンシア姫がやってきた。一旦アランが婚約者候補となるものの、サイラスも無関係とはいかず、婚約が内定しただけのオリヴィアは落ち着かない。アランとフロレンシア姫の婚姻を阻止したい王からは二人の仲を邪魔するように言われ、とりあえず姫とその護衛騎士・レギオンを観察するうちに、オリヴィアはあることに気がつく。この違和感を紐解くことは、果たしていいことなのか。より多くの人が幸せになる解を求めて、オリヴィアが奮闘する第二巻。

PASH UP!
URL　https://pash-up.jp/
Twitter　@pash__up

破滅フラグが溺愛へ…!?
眩しすぎる推しとの毎日を堪能します！

康和国花宮伝
～悪役姫に転生したようですが、推し活に忙しいのでお役御免させていただきます～

著：三沢ケイ　　イラスト：深山キリ

皇太子・桂光の妃選びのため、国中から姫が集まる花宮。大貴族の娘・水蓮も花宮入りせんと旅立つ日、蘇ったのは前世の記憶。ここって前世で大好きだったラノベの世界では？　しかも私、最後に処刑される悪役姫に転生してる！　逃げ出したい水蓮だったが、最推しキャラである桂光の姿を目にして人生最大の衝撃を受ける。「推しの瞳に私が映っている、だと…！」破滅フラグを回避しながら目立たぬように推し活に専念しようと決めるが、その結果なぜか桂光の興味を引いてしまい!?　聖地巡礼、イベント（?）リアタイ、推しとのお茶会……。
破滅フラグをかいくぐり、眩しすぎる推しとの毎日を堪能します！

溺愛激しめ皇弟殿下とワーカホリックな発情聖女のピュアが滴りほとばしる恋物語

婚約破棄だ、発情聖女。

著：まえばる蒔乃　　イラスト：ウエハラ蜂

魔物討伐前線の唯一の聖女として働くモニカはその聖女力の強さから王太子の婚約者に選ばれた。しかし彼女の力は、かけられた者が発情してしまうという厄介なオマケ付き。それを知った王太子は「発情聖女！」と罵り婚約破棄、国中に発情聖女の報が飛び交う。途方にくれるモニカに声をかけたのは、前線仲間のリチャードだった。「僕の国に来ない？　兄貴夫婦が不妊で、聖女さんが必要なんだ」……モニカはまだ気づいていない。彼が皇弟であることを。そして兄貴夫婦とはもちろん――！

PASH! BOOKS《パッシュブックス》

URL https://pashbooks.jp/
Twitter @pashbooks

この本を読んでのご意見・ご感想・ファンレターをお待ちしております。
＜宛先＞〒 104-8357　東京都中央区京橋 3-5-7
（株）主婦と生活社　PASH!ブックス編集部
「緋色の雨先生」係
※本書は「小説家になろう」（https://syosetu.com）に掲載されていたものを、改稿のうえ書籍化したものです。
※この作品はフィクションであり、実在の人物・団体・法律・事件などとは一切関係ありません。

PASH!ブックス

大正浪漫に異世界聖女　私は巫女じゃありません！
2023年2月13日　1刷発行

著者　緋色の雨
イラスト　史歩
編集人　春名 衛
発行人　倉次辰男
発行所　株式会社主婦と生活社
〒 104-8357　東京都中央区京橋 3-5-7
03-3563-5315（編集）
03-3563-5121（販売）
03-3563-5125（生産）
ホームページ　https://www.shufu.co.jp

製版所　株式会社明昌堂
印刷所　大日本印刷株式会社
製本所　下津製本株式会社
デザイン　井上南子
編集　黒田可菜、髙柳成美

©Hiironoame　Printed in JAPAN　ISBN978-4-391-15889-2

製本にはじゅうぶん配慮しておりますが、落丁・乱丁がありましたら小社生産部にお送りください。送料小社負担にてお取り替えいたします。

Ⓡ本書の全部または一部を複写複製（電子化を含む）することは、著作権法上の例外を除き、禁じられています。本書をコピーされる場合は、事前に日本複製権センター（JRRC）の許諾を受けてください。また、本書を代行業等の第三者に依頼してスキャンやデジタル化することは、たとえ個人や家庭内の利用であっても一切認められておりません。
※ JRRC［https://jrrc.or.jp/　E メール　jrrc_info@jrrc.or.jp　電話　03-6809-1281］